Israel Rosenfield
Fiammetta Ghedini

# La Bombe

## ou l'histoire véridique de la molaire d'Hitler

Traduit de l'anglais (États-Unis)
par Cécile Magné

Manuella éditions

ISBN : 978-2-917217-77-1
Dépôt légal : deuxième trimestre 2016
www.manuella-editions.fr

Docteur en médecine (New York University) et en philosophie (Princeton University), Israel Rosenfield a reçu pour ses travaux la bourse de la Fondation Guggenheim. Professeur à la City University de New York où il enseigne les neurosciences et l'histoire des idées, il est notamment l'auteur de *L'Invention de la mémoire* (Flammarion, 1994), *La Mégalomanie de Freud* (Editions du Seuil, 2000), *L'Étrange, le Familier, l'Oublié* (Flammarion, 2005), et, avec Edward Ziff, de *L'ADN en bande dessinée* (Editions Odile Jacob, 2011). Il est aussi un contributeur régulier de la *New York Review of Books*.

Docteur en sciences cognitives de l'University College de Londres, Fiammetta Ghedini dirige la communication scientifique du laboratoire Sony de Paris. Elle développe actuellement ERCcOMICS, le premier projet à l'échelle européenne de communication scientifique à travers la bande dessinée. *La Bombe* est le premier livre qu'elle illustre.

*À la mémoire de Catherine Temerson,*
*mon épouse bien aimée, qui, toute sa vie,*
*a su me soutenir et me conseiller*
*dans l'écriture de mes livres.*

# *Préface*

*La Bombe* est inspirée par trois histoires distinctes, qui se sont déroulées à trois époques du siècle dernier.

La première est celle de la bombe atomique. Durant la Seconde Guerre mondiale, des scientifiques allemands ont essayé de construire un réacteur nucléaire. Les Américains tentaient au même moment d'assembler une bombe atomique, qu'ils espéraient tester au printemps 1945. Les Alliés lancèrent alors la mission Alsos, afin de surveiller les progrès des Allemands dans le domaine du nucléaire. Elle se solda par la capture de dix scientifiques, transportés en Angleterre dans le manoir de Farm Hall, où leurs propos furent enregistrés et retranscrits. Environ dix pour cent de ces transcriptions furent publiés en 1992, les gouvernements alliés prétendant que le reste avait disparu. Ce n'est que cinquante ans plus tard que les documents furent retrouvés et publiés dans leur intégralité. Ce délai anormalement long a suscité de nombreuses théories.

À la même époque, le clonage était au cœur des conversations scientifiques, quoique Dolly, la première brebis clonée, soit née en 1996. Je me suis demandé si les Allemands n'avaient pas mis en place des projets de clonage, sujets à polémique, dont on aurait voulu dissimuler l'échec – ou la réussite. C'est là ma deuxième source d'inspiration.

Le développement du clonage a en effet une curieuse histoire. Un scientifique allemand, Hans Spemann, a reçu le prix Nobel en 1935 pour ses recherches dans ce domaine. Or, en 1909, ce scientifique avait lu un article d'une embryologiste américaine, Ethel Browne Harvey, dont il s'est beaucoup inspiré pour ses travaux, à tel point qu'en 1924 l'une de ses assistantes fut tuée dans une explosion alors qu'elle reproduisait les expériences de Browne. Pourtant, la scientifique américaine n'a jamais été mentionnée par Spemann. J'ai écrit une satire sur ce dernier, publiée par la revue franco-belge *Pylône* et illustrée par Fiammetta Ghedini : il s'agissait de notre première collaboration.

La façon dont le comité du prix Nobel a ignoré Ethel Browne Harvey n'est pas sans rappeler le sort d'une autre femme, Lise Meitner, physicienne autrichienne. En 1938, Otto Hahn et Fritz Strassmann réalisèrent des expériences qu'ils ne parvinrent pas à interpréter. Ils ne comprenaient pas qu'ils observaient la fragmentation de l'uranium en éléments plus légers : la fission nucléaire. Troublé par ces résultats, Hahn écrivit à Lise Meitner, qui avait longtemps travaillé avec lui mais qui avait été contrainte de quitter l'Allemagne pour la Suède cette même année. Meitner comprit la réaction et fit parvenir à Hahn une lettre d'explication. En 1945, la même année que le lancement des bombes atomiques d'Hiroshima et Nagasaki, le comité décerna le prix Nobel de physique à Hahn pour sa découverte de la fission nucléaire. Meitner, outrée, écrivit au comité, mais ne fut pas mentionnée pour autant. Albert Einstein a commenté que Hahn n'avait pas même compris sa propre expérience.

La réécriture de l'histoire, la duplicité, les mensonges et nos propres illusions, si importants dans notre construction personnelle et nos relations sociales, sont les thèmes de ma satire *La Mégalomanie de Freud*. En un sens, les scientifiques allemands de Farm Hall étaient des exemples de duplicité et le jouet de leurs propres illusions.

En janvier 1993, un fait divers a fait les gros titres en France : Jean-Claude Romand, un médecin vivant près de Genève, avait assassiné sa femme et ses enfants. Peu de temps après ce triple meurtre, la police découvrit que cet homme, n'ayant jamais fini ses études de médecine, n'avait jamais travaillé dans la recherche, ni même jamais examiné le moindre patient. Sa vie n'était qu'un tissu de mensonges. Sa psychologie avait quelque chose de fascinant. Durant son procès, les témoignages des experts émirent l'hypothèse que Romand présentait une personnalité narcissique, ce que je trouvais difficile à admettre. Je décidai alors d'écrire une satire.

*La Bombe* est donc une tentative pour appréhender non seulement l'étrange histoire de Jean-Claude Romand, mais aussi le mensonge comme constituant essentiel de notre relation à nous-mêmes et aux autres – ce qu'illustrent également, chacun à leur manière, Spemann et Heisenberg.

Israel Rosenfield

# I

## *Prélude*

J'ai toujours éprouvé un intérêt peu commun pour la violence – pas la violence de la rue, mais la violence des nations. Je ne me voyais pas comme Pierre Maudlin ; j'ai toujours eu l'impression d'être quelqu'un d'autre, et j'ai passé la plus grande partie de ma courte existence à chercher cette autre personne. J'ai grandi sans souvenirs de ma naissance, de ma mère, de mon père, de mon enfance, de ma scolarité – sans souvenirs de sports, de musique, de danse ; il y avait seulement les vies des autres.

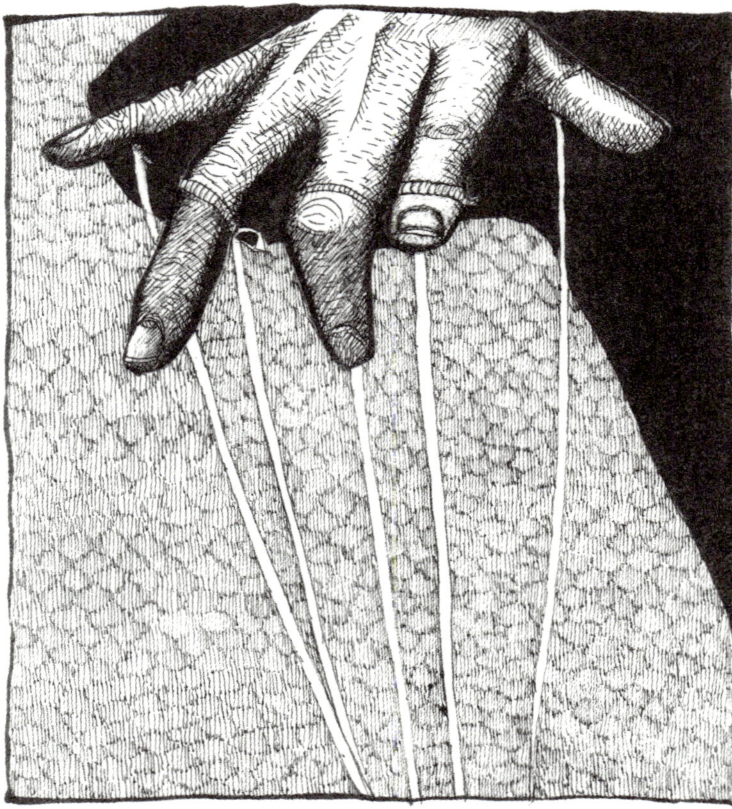

Je suis enveloppé par les flammes, un feu que j'ai allumé quelques instants plus tôt. Je rends mon dernier souffle et ma vie entière défile devant moi, une vie marquée par la paranoïa, les obsessions, la mégalomanie, et le sentiment aigu d'être « différent » de tout être vivant, mort ou encore à naître. Tandis que je rôtis dans les flammes de mon enfer, j'éprouve le sentiment étrange que j'étais – et continue d'être – contrôlé de l'extérieur. Par moments, je me suis imaginé que c'était par quelqu'un d'autre, quelqu'un que je n'avais jamais rencontré ; à d'autres moments, je me suis demandé si je n'étais pas sous l'emprise d'un esprit du passé.

Parmi toutes les incongruités me venant à l'esprit en cet instant (alors que tant d'autres auxquelles je n'avais pas prêté attention ont surgi) : Joseph Staline. Le malfaisant, le maniaque, le paranoïaque Joseph Staline. Sa peur extraordinaire et son intérêt obsessionnel pour le Führer, son angoisse que son ennemi juré ne hante les couloirs du Kremlin pour, au moment opportun, le transpercer d'une dague et se délecter de le voir implorer grâce pendant que la vie s'échappe de son corps – tout cela m'apparaît sans doute aussi clairement qu'au dictateur russe quelques décennies plus tôt. Ce que Staline a craint, je l'ai craint également.

Beria, le fidèle et servile chef de la police secrète de Staline, avait reçu l'ordre de passer au peigne fin les cendres de Berlin calciné ; flairer chaque piste, chaque odeur qui pourrait mener au Führer, mort ou vif. Staline devait le trouver. Ils examinèrent les milliers de prisonniers qu'ils avaient capturés dans les tunnels de l'U-Bahn, dans les rues, dans les sous-sols, dans des tanks carbonisés, sous les ponts, sur les routes en direction de l'ouest, partis dans l'espoir de rejoindre l'armée américaine avant que les Soviets ne s'emparent d'eux et ne les projettent dans un enfer dont ils ne pourraient plus jamais ressortir.
Je ne pouvais m'empêcher de partager le même doute que le dictateur russe – le Führer, ayant disparu de Berlin comme par enchantement, était bel et bien en vie, quelque part loin de sa chère Allemagne. Il y avait un fond de vraisemblance dans la paranoïa de Staline.

Mes pensées glissent vers le profond ressentiment que j'éprouve envers les historiens, dramaturges, psychologues, philosophes et physiciens : ils se sont trompés sur toute la ligne. S'il y a bien quelqu'un qui sait, c'est moi, Pierre Maudlin. Je peux parler d'histoire comme personne d'autre. Les historiens et leurs semblables croient aux archives et aux mémoires…

Mais je peux sentir ce qui s'est produit, même si mes sentiments restent muets et implicites, parce que les exprimer serait les trahir, tout comme un chien, un chimpanzé ou un oiseau ne pourrait jamais révéler plus qu'une réaction superficielle. Ce n'était pas juste le groupe de physiciens détenu à Farm Hall – Heisenberg, Weizsäcker, Hahn et Diebner – qui m'irritait, mais tout le lot d'experts, de dramaturges, d'historiens et de moralistes. Je suis sidéré – oui, même à présent, tandis que j'agonise – qu'ils aient tous failli. Je suis en colère, furieux en vérité. Eux, les messieurs Je-sais-tout, débattaient de la bombe atomique, de Copenhague, de Farm Hall et de ce que les scientifiques allemands étaient capables de faire.

Personne – absolument personne – ne suspectait l'autre versant de l'histoire. Il y avait un autre Farm Hall, un autre mystère, que personne n'avait même soupçonné. Bien sûr, Staline voulait connaître la valeur des scientifiques détenus dans la campagne de Cambridge – ce qu'ils savaient de la construction d'une bombe atomique et jusqu'à quel point ils avaient mis en pratique leurs théories. Mais plus encore que la bombe, plus encore que les connaissances et le savoir-faire des Heisenberg, des Diebner et des Hahn, Staline voulait – ou aurait dû vouloir – savoir s'ils cachaient autre chose. J'ai appris que c'était le cas.

La mémoire, ce n'est pas une affaire de machine, de précision ; c'est une affaire de mensonge et de tromperie. Et quiconque pense autrement ne connaît pas – ne connaîtra jamais – la nature humaine. Je peux tous les regarder dans les yeux – les critiques, les érudits, les experts – et rire en pensant à tout ce qui leur a échappé à Farm Hall.

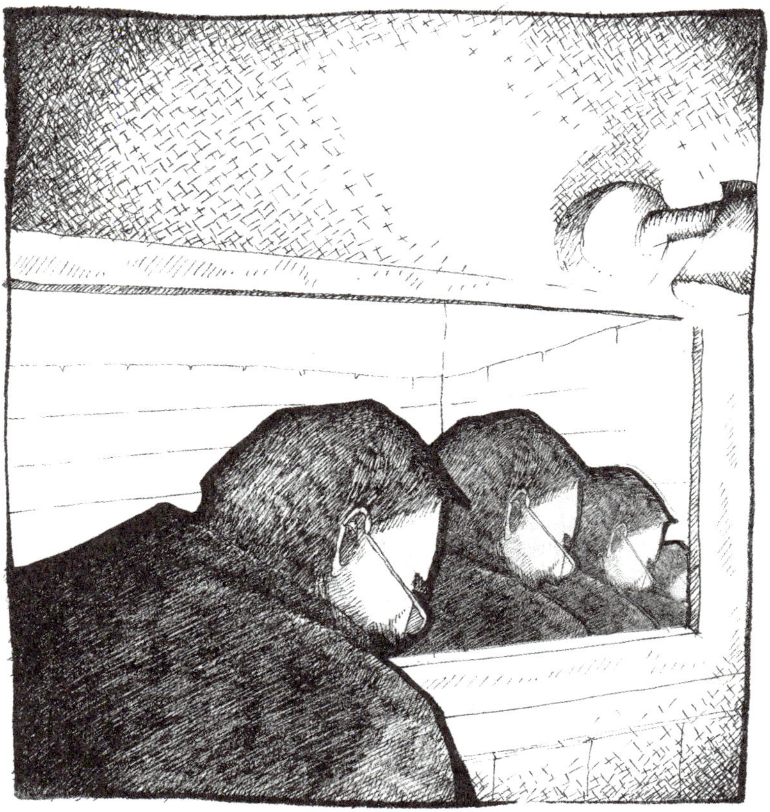

Moi, Pierre Maudlin, je connais les pensées du monstre du siècle, ou de l'un d'entre eux, parce que, d'une certaine manière, je suis déjà passé par là. Je suis cet esprit, ou en tout cas ce qui peut s'en rapprocher le plus dans le monde actuel ; et pourtant, je sais que je ne suis pas plus cet esprit que les milliers de tentatives de le saisir.

# II

## *Faucigny, 1981-1993*

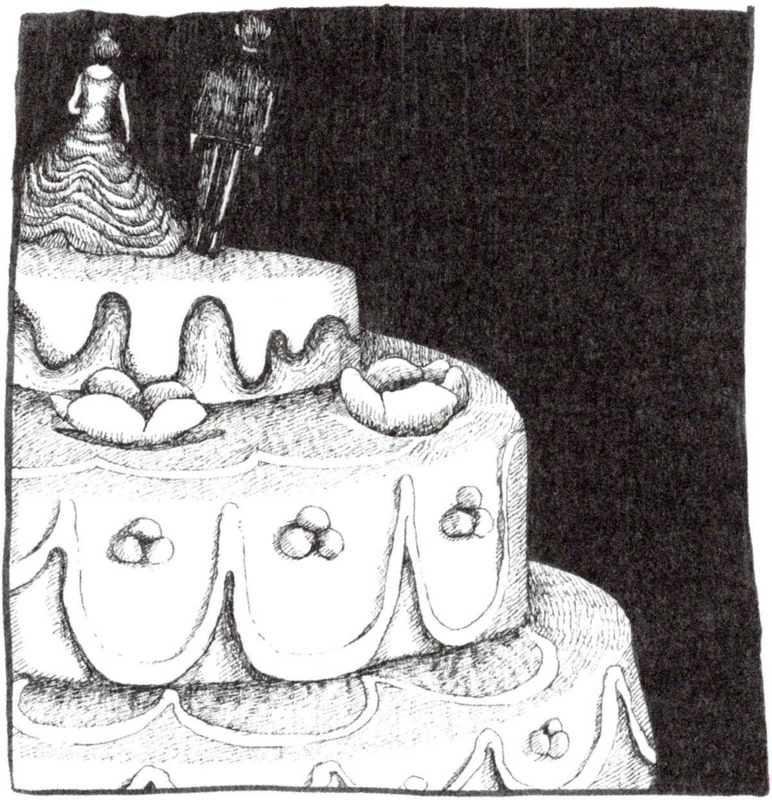

Dans la petite ville de Faucigny près de la frontière franco-suisse, la jeune et belle Florence avait récemment épousé l'étoile montante de la ville, l'étudiant en médecine le plus brillant de l'histoire de Faucigny (tout du moins depuis sa création en 1632), Pierre Maudlin. Mais ce mariage surprit tout le monde.

Pierre Maudlin partageait alors son temps entre la clinique neurologique Jean-Perret à Paris, le service des troubles neurologiques de l'hôpital Palmer à Princeton, le centre de recherches en biologie pavlovienne de Saint-Pétersbourg, et le laboratoire de l'Organisation Mondiale de la Santé à quelques kilomètres de sa maison, à la frontière franco-suisse. Quand Pierre Maudlin parlait, tout le monde l'écoutait ; Florence était très fière de lui, même si elle passait plus de temps avec ses amants qu'avec lui. On ignorait si Maudlin le soupçonnait, mais il ne semblait pas contrarié.

Puis, un jour, Maudlin rencontra Carolyn Dawn et Norman Drake à une conférence internationale sur le cerveau et la génétique à Paris. Il perdit tout intérêt pour les membres fantômes, les aphasies, les dyslexies. Il plongea dans sa nouvelle passion : la génétique.
À présent, il était tout à son désir de « recapturer le passé », de rassembler les figures indésirables et brillantes de l'histoire : les grands amants, les grands criminels et les grands esprits. Il avait une manière différente de parler de sa nouvelle discipline. Il se sentait directement impliqué. Il avait l'impression d'en faire partie – comme si elle avait quelque chose à dire sur lui, sur sa famille, sur tout le monde.

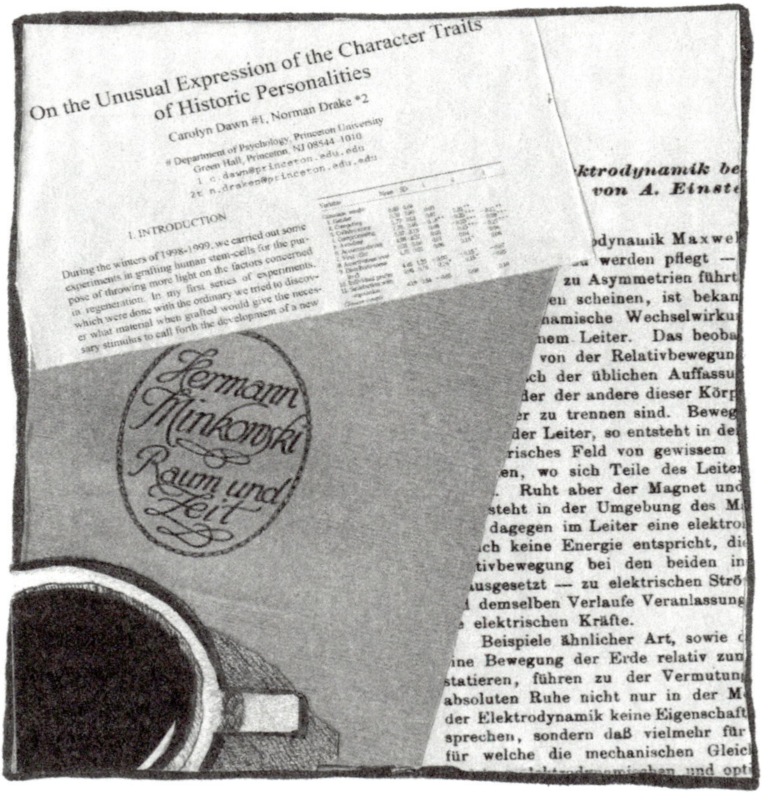


Norman Drake et Carolyn Dawn étaient les auteurs de l'article « De quelques rares traits de caractère de personnalités historiques ». Ils avaient découvert une technique de réactivation cellulaire permettant, après avoir prélevé une cellule de la dépouille de personnes mortes depuis longtemps, de les recréer telles qu'elles avaient été autrefois, avec leurs pensées, leurs désirs et leurs actions. « Je n'aime pas faire de comparaison, dit Drake au *Princeton Alumni Weekly*, mais notre article de 1997, "De quelques rares traits de caractère de personnalités historiques", est aussi important que les *Trois Essais sur la théorie sexuelle* de 1905, de Sigmund Freud, que "De l'électrodynamique des corps en mouvement" d'Albert Einstein en 1905, ou que l'article d'Hermann Minkowski sur l'espace-temps, en 1908. »

Le passé est à présent devenu réellement connaissable, révolutionnant non seulement l'étude de l'histoire, de la philosophie et de la psychologie, mais aussi notre compréhension même des idées, des images, des pensées, des rêves, des désirs et de toutes les autres « pensées éphémères » que les sciences dures ont toujours rêvé de pouvoir un jour saisir et comprendre. Le paysage intellectuel, historique et scientifique en a été transformé pour toujours.

Drake et Dawn n'avaient jamais mis les pieds à Faucigny et, tandis que de nombreuses rumeurs couraient selon lesquelles Jules César, Albert Einstein, Charles Darwin et Marlene Dietrich avaient été vus au café du Château en train de parler à Maudlin, dans certains quartiers les sceptiques chuchotaient que les célèbres visiteurs n'étaient en fait que le fruit de l'imagination de Maudlin.

Mais Pierre Maudlin ne se laissa jamais troubler par ces fâcheuses rumeurs qui circulaient en coulisse. Il aimait à se souvenir de sa visite à l'abbaye de Westminster, quand Drake, Dawn et lui repartirent avec des échantillons du corps de Charles Darwin enterré sous les dalles de marbre de l'abbaye. Le 19 avril, anniversaire de la mort de Charles Darwin, le trio pénétra à l'intérieur de l'abbaye juste avant la fermeture et déposa une large couronne de fleurs sur la pierre tombale de Darwin. Ils se cachèrent dans le cloître au moment de la fermeture et, durant la nuit, utilisèrent un long foret pour percer le sol et le cercueil de Darwin. À l'aide d'une grande aiguille, ils prélevèrent quatre échantillons de tissus de sa dépouille.

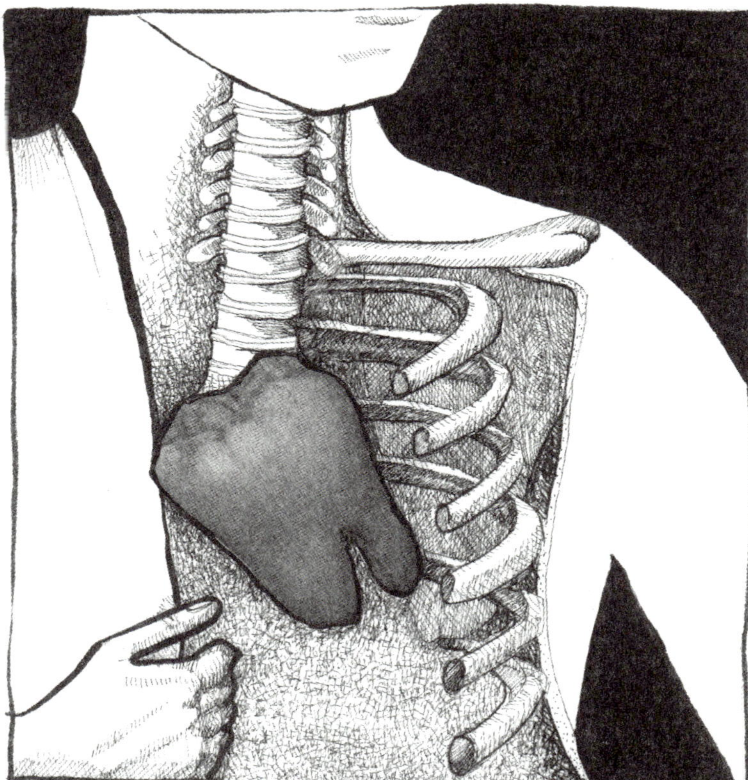

Lors de nombreux repas à Faucigny, Maudlin divertit ses hôtes par les récits de visites similaires aux cimetières de Berlin et de Paris, où ils recueillirent des échantillons de Marlène Dietrich et de Simone de Beauvoir et Jean-Paul Sartre. Le département de pathologie de Princeton leur offrit un échantillon du cerveau d'Einstein et ils reçurent de Munich le cadeau anonyme d'une dent qui n'était pas spécifiquement identifiée.

C'est pendant cette période de totale fascination pour la génétique, où se mêlaient les histoires personnelles de tous ceux qu'il avait rencontrés, qu'il vit, tandis qu'il attendait assis sur le quai de la gare de Bourg-en-Bresse – comme cela lui arrivait lorsqu'il manquait le train de 14 heures – une serviette que quelqu'un avait oubliée ou peut-être intentionnellement abandonnée. La serviette ne portait pas de nom et contenait des documents sur l'énergie nucléaire et la construction des bombes atomiques, ainsi qu'un exemplaire jauni d'un livre de Henry Ford, *Le Juif international*, annoté par endroits de commentaires crus en marge. Mais ce fut le dossier étiqueté *Opération Epsilon II : Farm Hall, les transcriptions perdues* et contenant plus d'une centaine de pages reliées qui retint son attention.

Il traversa la rue, entra dans une boutique de reprographie pour en faire une copie et replaça l'original dans la serviette. Le guichet des objets trouvés de la gare était fermé et il se dit qu'il reviendrait avec la serviette le lendemain. Le titre, *Farm Hall, les transcriptions perdues*, l'intriguait.

# III

## *Pierre Maudlin fait médecine*

Pierre Maudlin avait grandi à Faucigny. Il était très épris de la belle Florence, avec ses bras longs et minces, ses jambes élancées et ses gestes gracieux, mais elle l'évitait à l'école de médecine. Elle échoua à l'examen et, plutôt que de recommencer, décida de faire pharmacie. Maudlin continua à étudier la médecine. Il était l'étudiant le plus brillant de la faculté.
Florence attirait les hommes comme le papier sucré attire les mouches et ne résistait pas à leurs avances. Celles de Clément Boileau en particulier.

Florence et Clément devinrent amants. Ils formaient une sorte de couple. On les voyait souvent ensemble, mais les choses ne collaient pas complètement entre eux. Il y avait l'omniprésent Maudlin. Sa présence ne dérangeait pas Clément. Florence recherchait son aide pour ses examens de pharmacologie. Puis un jour, alors que le trio était assis dans un café après un examen, Florence dit à Maudlin combien elle lui était reconnaissante de l'avoir aidée la veille ; il avait soulevé plusieurs questions qui figuraient à l'épreuve.

Un soir, Clément suggéra que Florence couche avec Maudlin – « Maudlin l'asexué », comme ils l'appelaient tous les deux. Il se fit insistant. Elle ignorait pourquoi. Elle trouvait cela étrange, mais finit par céder. Elle céda parce qu'à force de la pousser, Clément avait créé du désir en elle : le désir de se venger de lui, du fait qu'il ait tellement insisté. La première fois qu'elle coucha avec Maudlin – si c'était bien la « première fois », car elle n'était même pas certaine de ce qui se passait entre eux –, elle ne cessa de penser à Clément.

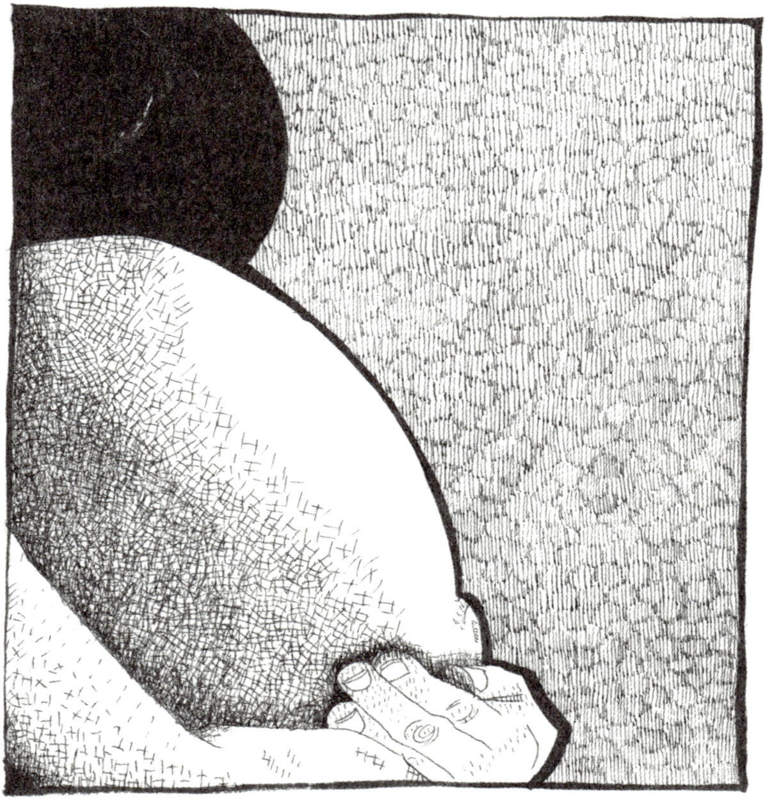

Clément se moqua d'elle quand ils se retrouvèrent au lit ensemble, comme si avoir couché avec Maudlin la rendait plus désirable, comme si cela avait révélé un charme érotique que d'autres jeunes hommes plus séduisants n'avaient pas su provoquer. Elle tomba enceinte. Elle était sûre que Clément était le père – elle en était même tout à fait certaine. Mais Clément n'y prêta pas attention quand elle le lui annonça ; il déclara que l'enfant était forcément de Maudlin et qu'elle ferait peut-être mieux d'avorter. Elle n'avait aucun désir d'avoir cet enfant – quel qu'en soit le père –, mais Clément l'avait mise en colère et elle résolut de le garder. Quand elle comprit que Clément n'avait absolument pas l'intention de vivre avec elle, elle décida de s'installer avec Maudlin.

En réalité, ce ne fut pas si pénible que ça. L'année suivante, Maudlin décrocha son diplôme de médecine summa cum laude. Il fut engagé dans un prestigieux laboratoire parisien et fut invité aux quatre coins de la planète, de Tokyo à New York, où il présentait ses derniers comptes rendus de recherche, que Florence ne se donna jamais la peine de lire. On lui offrit un laboratoire à l'OMS, près de leur maison. Il était tellement accaparé et si souvent en déplacement, que Florence avait tout loisir de profiter de sa fille Sabrina et de ses amants et de travailler à la pharmacie. Elle passa de nombreuses années avec Clément, qui aimait l'enfant dont elle prétendait qu'il était de Maudlin.

Mais elle éprouvait du ressentiment envers Clément, elle voyait clair dans son petit jeu. Elle se servit de Maudlin et d'un ancien ami de l'école de médecine, Pascal Bernard, et ce dernier devint un rempart contre les deux autres. Elle n'avait jamais douté que Sabrina fût de Clément et elle s'étonnait souvent que Maudlin ne semblât jamais remettre en question sa filiation ; elle trouvait aussi étrange qu'il ne suspectât pas sa liaison avec Clément, qui venait dîner deux à trois fois par semaine, ou avec Pascal, qui l'emmenait souvent en voiture le dimanche se promener avec la petite Sabrina dans les montagnes vosgiennes.

Mais c'était Maudlin qui était célèbre, Maudlin dont la réputation dépassait les frontières, Maudlin que tous admiraient, voulaient connaître et dont tous parlaient. Florence aimait se nimber de son prestige. Quand leur fils naquit un an et demi plus tard, Maudlin, de nouveau, ne se rendit compte de rien. Florence ignorait si le garçon était de Clément ou de Pascal. Elle était certaine qu'il n'était pas de Maudlin. À six mois, le garçon ressemblait tant à Pascal que Florence eut la certitude qu'il en était le père.

Elle était ravie, car elle ne désirait pas être de nouveau enceinte de Clément. Pascal l'aidait avec les enfants. Elle aimait cette triple fidélité. Elle aimait la célébrité de Maudlin et était heureuse qu'il n'eût jamais posé de questions sur les enfants. Elle vivait avec lui, mais ne se sentait jamais à l'aise en sa présence. Elle n'aimait pas dormir à ses côtés et ressentait du soulagement quand il s'absentait.

Elle ne se demandait jamais ce qu'il faisait quand ils n'étaient pas ensemble. Elle supposait simplement qu'il faisait ce qu'il lui disait, même si elle-même ne disait jamais à Maudlin à quoi elle passait son temps lorsqu'il était parti. Fort heureusement, il ne posait jamais de questions, ce qui n'empêchait pas Florence de se demander ce qu'elle répondrait s'il le faisait.

# IV

## *Faucigny, novembre 1993*

## *Un manque de confiance*

Maudlin se trouvait avec Florence dans la cuisine. Elle lui demanda ce qu'il prescrirait à une femme dans la vingtaine, n'ayant jamais eu de convulsions auparavant et qui soudain en avait eu en deux occasions. La question l'avait pris au dépourvu et il répondit qu'il ne savait pas. Florence le dévisagea pendant une minute avant de dire : « Je suis surprise que tu ne le saches pas ». C'est à ce moment qu'il se dit qu'elle l'avait testé. Cette scène le hanta tout le jour suivant ; c'est comme s'il y avait en lui quelque chose qui ne lui inspirait pas confiance.

Le lendemain, il déposa les enfants à l'école et leur dit qu'il les reverrait deux jours plus tard à son retour de Paris. Cette pensée ne le quitta plus : Florence ne lui faisait pas confiance. Il ne parvenait pas à comprendre ce qui s'était passé et, au lieu de partir pour Paris, il conduisit jusqu'à l'OMS, se gara au bout du parking et resta assis dans sa voiture de location à réfléchir. Florence avait-elle rencontré quelqu'un ? Il fut tenté de revenir à Faucigny, se garer devant la pharmacie, de l'autre côté de la rue, et faire le guet. Mais il eut peur qu'on le remarque et il ne voulait pas semer le trouble.

Il y avait plusieurs journaux médicaux sur la banquette arrière. Il en prit un et le posa contre le volant. Mais il n'arrivait pas à se concentrer. Il démarra la voiture et emprunta la rue qui menait au café des Chercheurs, où il s'installa à une table à l'arrière, près du grand miroir. Il se dit qu'il ne pouvait pas aller à Paris.
Il pensait au fait que Florence s'était montrée impatiente avec lui ces derniers temps. Lors des réceptions, elle avait toujours manifesté sa fierté ; à présent, elle se détournait lorsqu'il parlait, paraissait être irritée ou s'ennuyer. Il se demandait si elle avait rencontré quelqu'un.

Il décida de retourner à Genève prendre une chambre d'hôtel au Terminus, près de la gare. Il réserverait pour deux nuits. Il ne voulait voir personne. Il se mit à penser aux Russes.

Il s'imagina assis avec eux dans la cafétéria de l'OMS, leur expliquant ses idées sur les convulsions, et il pouvait voir combien ils étaient impressionnés, alors que le directeur de l'OMS l'écoutait religieusement et semblait très fier de son collègue. L'un des Russes, un homme à la quarantaine naissante mais qui faisait plus âgé, s'étant montré particulièrement impressionné par Maudlin – celui-ci imaginait en effet qu'il y avait eu un déclic entre eux, une profonde compréhension mutuelle –, lui proposait d'aller à Moscou donner une conférence à l'Institut. Le directeur de l'OMS disait qu'il serait heureux de payer le voyage de Maudlin.

Il se sentit mieux. Il quitta le café des Chercheurs, retourna à la voiture et y resta assis sans mettre le contact. Plus tard, il conduisit jusqu'au parking de la gare.
Le lendemain, il appela à la maison. Personne ne décrocha. Les enfants étaient à l'école et Florence à la pharmacie, sans doute. Il hésita, puis se décida à téléphoner. Serge Junnot répondit. Il était surpris d'entendre la voix de Maudlin. Florence était à la banque. Y avait-il un problème ? Non. Maudlin dit qu'il était à Paris – des rendez-vous et encore des rendez-vous. Il n'avait pas réussi à la joindre. Juste pour s'assurer que tout allait bien.

Voulait-il qu'elle le rappelle, demanda Junnot. Maudlin, irrité, répondit que non, qu'il serait en rendez-vous toute la journée. Junnot comprenait. Il était sûr que Florence serait de retour dans la demi-heure. Il répéta qu'elle s'était simplement rendue à la banque. Maudlin dit qu'il essaierait de rappeler. Il avait une réunion à laquelle il voulait assister, un de ses collègues donnait une conférence, mais il rappellerait dès qu'il pourrait. Il raccrocha.

# V

*Novembre 1993*

*La banque*

La banque, pensa-t-il. Que faisait Florence à la banque ? Pourquoi la banque ? continuait-il à se répéter. À quel banquier parlait-elle ? Il allait attendre une heure et dix minutes, le temps que son collègue achève sa conférence, puis il réessaierait. Il continuait à se demander : pourquoi la banque ? Quel banquier ? Il connaissait très peu Serge Junnot et sans doute Florence avait-elle fait son éloge à lui, Maudlin, à la pharmacie, aussi ne serait-il pas surprenant que Serge fût intimidé et jaloux – il était pharmacien comme Florence, après tout.

Serge Junnot était un petit homme hideux, et Maudlin ne pouvait imaginer que Florence pût désirer avoir quoi que ce soit à faire avec lui. Ne s'était-elle pas moquée de Serge par le passé ? Certes, il n'avait pas entendu de méchancetés sur lui depuis longtemps, mais avec les gens comme ça il n'y avait pas grand-chose à rajouter une fois que vous vous étiez moqué d'eux une première fois. Bien sûr, il avait souvent été absent de la maison ces derniers temps.

À 13 h 30, il sortit de la gare et redescendit la rue pour se rendre à la cabine téléphonique d'où il avait déjà appelé et il recomposa le numéro de la pharmacie. Junnot répondit. Florence venait de rentrer. Junnot le mit en attente et Maudlin dut patienter.
Elle dit « Hello » d'une douce voix de velours, comme si elle n'avait pas été prévenue de son appel. Maudlin s'excusa de ne pas lui avoir téléphoné la veille. Il n'avait pas voulu réveiller les enfants.

Le ton de la voix de Florence changea brusquement. Junnot lui avait dit qu'il avait appelé. Elle fit une pause. La banque avait téléphoné ce matin. Le compte n'était pas suffisamment approvisionné. Elle venait de voir Monsieur Charrette. Les seules sommes d'argent qui avaient été déposées sur le compte récemment provenaient des chèques qu'elle avait encaissés – son salaire. Il n'y avait pas assez pour payer les factures.

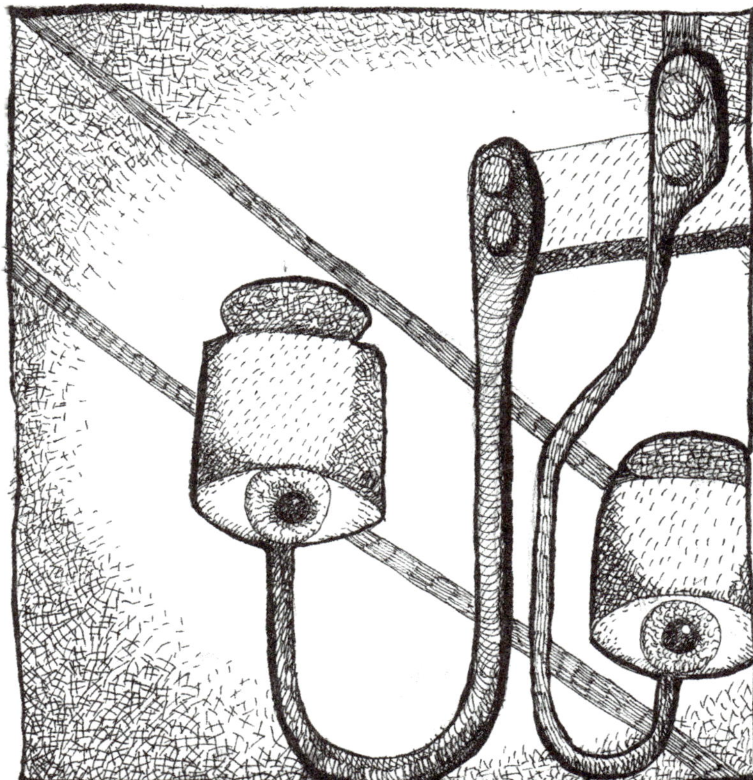

N'avait-il pas été payé par l'OMS ? Maudlin transpirait dans la cabine téléphonique. Il était en colère qu'elle fût allée à la banque. Il dut se contrôler. Il improvisa et lui dit qu'il prélevait régulièrement le montant dont ils n'avaient pas besoin pour l'investir dans une caisse contre un taux de rendement très élevé à 9 %. Il savait pour les factures. Charrette lui en avait déjà parlé. Il se demandait où était le problème. Il avait dit à Charrette qu'il allait transférer des fonds pour payer toutes leurs factures. Et même plus que nécessaire, pour faire bonne mesure. Il allait appeler la maison mère à Genève et s'assurer que l'argent serait bien transféré.

Florence était trop contrariée pour écouter. Le montant des factures était très élevé. Il y avait des factures de Paris. Elle ne comprenait pas, elle croyait que ses frais étaient pris en charge par l'OMS. Maudlin resta debout dans la cabine téléphonique à regarder passer les voitures. Il s'en fichait que Florence soit sortie avec un quelconque pigeon la veille au soir. Il en voulait à Charrette d'avoir appelé Florence et qu'elle soit allée à la banque avant de lui en parler. Il aurait appelé Charrette et tout serait rentré dans l'ordre.

Une femme toqua contre la vitre de la cabine téléphonique.

Maudlin ouvrit la porte, s'excusa et descendit la rue. Il regarda sa montre. Il était plus de 14 heures. Il vallait mieux qu'il aille à Paris. Il devait fuir Faucigny, Florence et la banque. Il était trop en colère pour avoir les idées claires, mais il savait qu'il trouverait une solution. Comme toujours. C'était son vrai talent, celui que personne ne soupçonnait.

Chaque fois que Florence vantait ses mérites et son travail à l'OMS à Genève ou à l'Inserm à Paris, Maudlin souriait intérieurement, en pensant que si seulement ils savaient ce pour quoi il était véritablement doué, ils l'admireraient encore plus. Il était fier de sa capacité à éviter le pire de justesse, mais il ne pouvait en parler à personne. Chaque fois qu'il remportait une victoire, il éprouvait une immense fierté. La cabine téléphonique était à nouveau vide. Maudlin remonta la rue. Il appela Chantal.

Elle s'était demandé s'il allait venir à Paris. Il arriverait dans un jour ou deux. Les Russes l'accaparaient, ils s'enthousiasmaient pour son travail. Chantal était excitée par ce qu'il lui racontait.

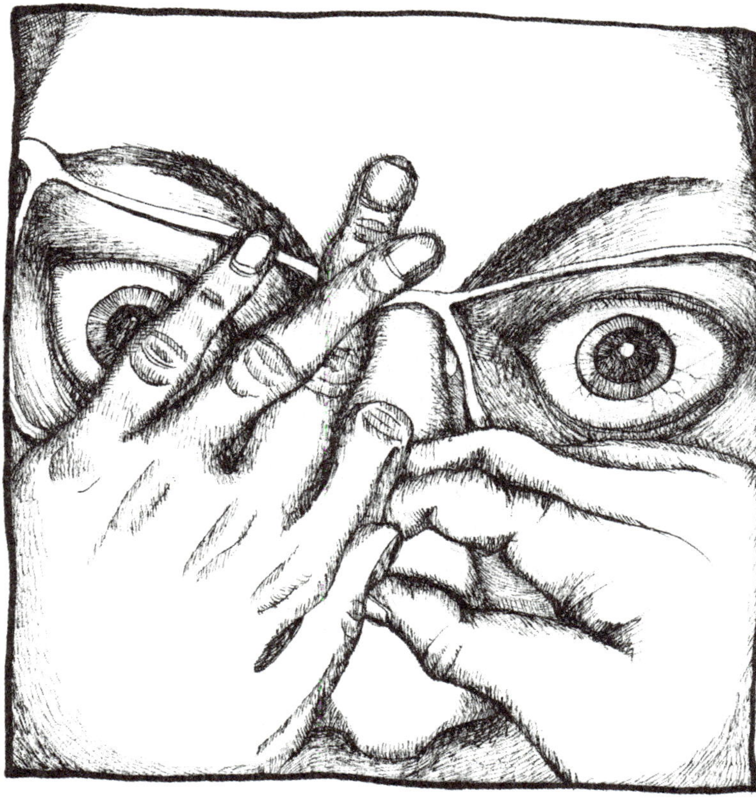

Debout dans la cabine, il couvrit son visage de ses mains. Il n'avait pas les idées très claires. Quelque chose allait de travers. Il eut soudain pitié de Florence et des enfants. Il n'avait jamais éprouvé de pitié pour qui que ce fût jusqu'à présent, ce sentiment lui était inconnu. La sensation lui paraissait étrange, comme s'il ressentait quelque chose qu'il ne pouvait comprendre : il ne s'apitoyait pas sur lui-même, mais sur les autres !

Une vague stratégie commença à prendre forme dans son esprit. Mais, comme dégoûté par ses propres pensées, il s'éloigna du téléphone et regarda les voitures remonter la rue, effrayé par ce qui venait de le traverser. Son visage se déforma, il laissa échapper une plainte qui résonna dans la cabine. Il s'arrêta aussi vite qu'il avait commencé, ouvrit la porte et, d'un pas décidé, descendit la rue pour rejoindre l'hôtel.

Il appela la banque et dit à Charrette qu'il ne devait pas s'inquiéter : si la banque pouvait patienter deux semaines, il pourrait vendre des actifs, plus qu'il n'en fallait pour payer les factures. Charrette donna son accord pour deux semaines, mais l'avertit que, passé ce délai, il ne pourrait plus rien faire.

Il appela Florence et lui expliqua qu'il avait discuté avec Charrette et que tout allait s'arranger. Elle ne devait pas s'inquiéter. Florence était avec un client et ne pouvait pas parler. Maudlin dit qu'il rappellerait ce soir, comme d'habitude. Il n'avait pas besoin de préciser qu'il le ferait à 20 h 30.

Il retourna à la voiture, s'assit derrière le volant et attrapa distraitement la photocopie de *Farm Hall, les transcriptions perdues* qu'il avait faite le jour précédent.

# VI

# *Farm Hall*

Alors que la Seconde Guerre mondiale touchait à sa fin, un groupe de scientifiques allemands qui avaient fui les bombardements alliés sur Berlin pour le sud de l'Allemagne tentait désespérément de construire un réacteur nucléaire fonctionnel. Non moins fiévreusement, les Américains de Los Alamos s'efforçaient d'assembler une bombe atomique qu'ils espéraient pouvoir tester au printemps 1945. Les Américains pensaient que la course avec les Allemands était extrêmement serrée. Les scientifiques allemands étaient convaincus de leur propre supériorité.

Parmi les Allemands, le plus célèbre d'entre eux, Werner Heisenberg, croyait l'Allemagne loin devant. Lui et ses condisciples étaient absolument certains que, même dans le cas d'une défaite de l'Allemagne, leur savoir-faire serait très demandé après la guerre : le pays qui embaucherait les scientifiques allemands contrôlerait l'avenir du monde.

Dans l'espoir de découvrir à quel stade en étaient les Allemands, les Américains lancèrent la mission Alsos, qui suivit les troupes américaines dans leur progression en Europe avec l'objectif de localiser les scientifiques allemands et les installations nucléaires en Allemagne. Fin avril et début mai 1945, Alsos rassembla dix scientifiques, dont Heisenberg. Durant les semaines qui suivirent, les scientifiques prisonniers furent transbordés d'un avion à l'autre à travers la France et la Belgique. Puis, le 3 juillet 1945, ils furent transportés en Angleterre et conduits dans une petite ville de province, Godmanchester, où ils furent logés confortablement dans un manoir : Farm Hall.

À Godmanchester, les rumeurs les plus folles coururent : on traitait, disait-on, des criminels de guerre nazis avec bienveillance pour les mettre à l'abri des Soviets. Ribbentrop et Himmler, d'après la rumeur, se trouvaient à Farm Hall. Le nom de Goebbels circulait, malgré la diffusion de photographies de son cadavre aux quatre coins du monde.

Les scientifiques furent coupés de tout contact avec l'extérieur pendant six mois, leurs conversations furent secrètement enregistrées et leurs faits et gestes surveillés. Leurs lettres à leurs familles et leurs amis, interceptées et lues, ne furent jamais distribuées. Quoique l'équipe de traducteurs ne pût les observer directement, ils n'en étaient pas moins conscients d'un profond sentiment d'espoir parmi les scientifiques détenus. La transcription de leurs conversations révèle leur degré de délire : tenant pour acquis que les Américains et les Russes leur offriraient une position importante dans la période d'après-guerre, ils exprimaient grossièrement leur disposition à se vendre au plus offrant. On remarquait dans les enregistrements beaucoup de vantardise et de nervosité, ainsi qu'un ton bizarrement moralisateur.

Les traducteurs croyaient que les détenus avaient recours à un système de communication « silencieux » pour éviter d'être détectés par les dispositifs d'écoute dont ils devaient soupçonner l'existence à l'intérieur et aux alentours de Farm Hall. Ils s'exprimaient sur un ton relativement condescendant et moqueur chaque fois qu'ils faisaient référence à leurs gardiens ou aux forces alliées en général – en utilisant des tournures qui trahissaient leur sentiment de supériorité et en se servant de plus, selon l'équipe de traducteurs, d'une (invisible) gestuelle plutôt vulgaire. Bien sûr, l'équipe ne pouvait en avoir la certitude, mais c'était l'impression de la plupart de ses membres, comme le montrent leurs griffonnages et croquis. Grifonnages qui suggèrent également combien ils trouvaient troublantes l'hypocrisie et la mégalomanie des Allemands. Quoi qu'il en soit, la suffisance de ces scientifiques et leur croyance que leur destin était, dans l'ordre du jour d'après-guerre, lors des discussions de Potsdam, la préoccupation majeure de Staline, Truman et Churchill, reflètent la même illusion et la même mentalité dépourvue de toute morale dont ils avaient dû faire preuve avant et pendant la guerre qui venait de s'achever.

Pour des raisons qui restent à ce jour mystérieuses, il a fallu presque un demi-siècle aux gouvernements américain et britannique pour accepter de publier les transcriptions des conversations enregistrées à Farm Hall. En 1964, moins de dix pour cent en avaient été rendus publics et publiés par ces gouvernements. Une note précisait que les autorités gouvernementales « regrettaient » de ne pas pouvoir faire mieux. Les enregistrements originaux sur cylindres de gomme-laque avaient été détruits avec la plupart des transcriptions et des traductions des enregistrements. Mais en 1992, un groupe de journalistes britanniques et américains est parvenu à localiser les enregistrements « perdus » et, en invoquant la loi pour la liberté d'information – le Freedom of Information Act –, a forcé le gouvernement des États-Unis à éditer une version écrite des enregistrements, publiée le 22 mars 1993.

Ces transcriptions, divulguées ici pour la première fois, apportent un éclairage totalement nouveau – et inattendu – sur les ambitions allemandes de l'après-guerre. Leur contenu suggère que les Britanniques et les Américains ont dissimulé des informations d'importance pour la sécurité du monde actuel, car le texte révèle que la recherche allemande est allée bien au-delà de la tentative de construire une bombe atomique. Au moins deux des détenus de Farm Hall étaient associés à la recherche fondamentale en génétique – et il y a des raisons de penser que d'autres scientifiques, dont Werner Heisenberg, l'étaient également. La recherche contemporaine récente semble montrer que les objectifs allemands pourraient être réalisables aujourd'hui, bien que les conséquences d'une telle tentative soient loin d'être prévisibles. À la fin de la Seconde Guerre mondiale, toutefois, ni la théorie ni la technologie n'étaient suffisamment avancées. Les détenus paraissent pleinement conscients des limites de la génétique de l'époque et, compte tenu de ces limitations, ont essayé de garantir la préservation de spécimens biologiques qui pourraient être utilisés lorsque les progrès de la science rendraient possible la réalisation de leur « mission historique ».

Note ajoutée le 7 avril 1993 :

Comme nous l'avons expliqué ci-dessus, les dix scientifiques allemands arrêtés à la fin de la Seconde Guerre mondiale sont restés cachés du public dans une confortable maison, Farm Hall, pendant six mois. Huit traducteurs de l'allemand à l'anglais les ont écouté en secret en utilisant les derniers dispositifs d'écoute que les Américains avaient perfectionnés pendant la guerre. Assis à l'étroit dans un bâtiment d'un étage non loin de Farm Hall, les traducteurs enregistraient les traductions anglaises des conversations en allemand au dictaphone. Les traductions étaient ensuite tapées à la machine, et les transcriptions envoyées à Londres et à Washington où elles étaient révisées par les experts scientifiques respectifs des gouvernements Alliés. Plus de quarante-cinq ans plus tard, ces transcriptions ont enfin été rendues publiques. Le 4 février 1992, le gouvernement britannique demandait aux huit traducteurs s'ils souhaitaient commenter les textes sur le point d'être publiés. Seuls Robert Heilbron et Henning Ganz ont répondu.

Extrait des commentaires de Heilbron :

« Je me souviens très bien de notre bunker de traduction et de la camaraderie qui s'était rapidement établie entre nous et les jeunes femmes qui tapaient à la machine les transcriptions anglaises. Nous travaillions par équipes vingt-quatre heures sur vingt-quatre et ceux d'entre nous qui avaient quelques heures de libres profitaient des agréables soirées d'été. Il est difficile d'exprimer notre étonnement devant le fait que ces hommes (Heisenberg, après tout, était mondialement connu) soient si calculateurs, égoïstes et sourds aux horreurs de la guerre que leur gouvernement avait infligées au monde. Ce qui reste gravé dans ma mémoire est la totale duplicité des Allemands, souvent révélée par de subtiles tournures de phrase ou des remarques sarcastiques minutieusement placées, qui nous ont fait soupçonner qu'ils savaient que nous les écoutions. Bon, peut-être ne le savaient-ils pas, mais notre suspicion qu'ils étaient parfaitement conscients des microphones cachés à travers Farm Hall où ils vivaient instilla en nous un désir de leur répondre – de leur faire connaître ce que nous pensions d'eux. Bien sûr, il était impossible de communiquer directement avec eux. Et pourtant, il me semble juste de dire que chacun d'entre nous voulait que la postérité sache que nous n'étions pas dupes, que de subtils changements d'intonation dans les conversations allemandes étaient perdus dans nos traductions plutôt littérales. Je crois me souvenir que ce fut Ganz qui commença à faire des caricatures – des griffonnages – tandis qu'il dictait les traductions.

Bientôt nous prîmes tous l'habitude de griffonner – ou, pour être plus précis, de commenter le ton arrogant, moralisateur, intéressé, hypocrite des scientifiques allemands. Dans la lettre d'accompagnement que vous m'avez envoyée (comme, je suppose, à l'ensemble de l'équipe), vous ne mentionnez pas nos griffonnages. J'ignore s'ils peuvent être trouvés, ou s'ils existent toujours, mais le cas échéant j'insisterais pour qu'ils soient publiés avec les transcriptions des conversations que vous vous apprêtez à rendre publiques, car ils constituent la partie silencieuse des conversations qui ont été enregistrées à Farm Hall. Ils représentent un instantané inestimable qui, autant que je m'en souvienne, contribuera beaucoup à la compréhension de la psychologie des scientifiques allemands. À mon avis, nos griffonnages étaient l'équivalent de comptes rendus de psychologues à domicile. Trouvez-les, s'il-vous-plaît.

Salutations distinguées,

Robert Heilbron »

Henning Ganz écrivit une lettre similaire, s'interrogeant lui aussi sur le sort des griffonnages.

Extrait de cette lettre :

« Je me suis parfois demandé ce qu'étaient devenues les transcriptions et j'ai été agréablement surpris d'apprendre que vous alliez finalement (près d'un demi-siècle plus tard !) les publier. Mais je crois important que vous sachiez que nous avions réalisé de nombreux griffonnages et caricatures pendant que nous traduisions les propos des Allemands, et les ajouter serait un vrai plus (et un trait d'humour bien nécessaire, si ma mémoire ne me trompe pas) pour les transcriptions que vous vous apprêtez à publier. »

Ganz soulignait qu'il « y a une face cachée du comportement allemand à Farm Hall que nous avons peut-être involontairement saisie dans nos dessins ». Puis il demandait : « Est-ce que nos griffonnages existent toujours ? »

Les dessins et griffonnages sur lesquels les lettres de Heilbron et de Ganz nous alertent ont fini par être trouvés dans les Archives nationales britanniques et sont publiés ici pour la première fois.

# VII

## *Novembre 1993*

## *Conduite aléatoire*

Soudain, Maudlin se souvint des enfants, de Florence et de la banque. Il regarda sa montre. Il était 10 h 40. Il appellerait dans la soirée. Il dirait que la réunion de la veille avait duré plus longtemps que prévu. Il ouvrit sa petite valise de voyage dans laquelle il avait fourré ses vêtements de rechange, une paire de lunettes de soleil, une perruque qu'il avait achetée il y a plusieurs mois et qu'il n'avait jamais portée et une fausse barbe achetée à la même époque.

Il mit la perruque, s'éloigna du miroir et examina son visage. Il ne se trouvait pas mal avec une tête bien garnie. Après s'être collé la barbe sur les joues, il se jugea absolument méconnaissable. Il s'aimait avec la barbe et se dit qu'avant d'aller en Russie il devrait se la faire pousser. Cela lui donnait un air d'autorité – un air qu'il n'avait pas quand il était rasé de près. Il était un autre homme, un homme avec une histoire, que les femmes voudraient connaître et au côté de qui elles voudraient être vues. Il mit les lunettes de soleil. Il aimait celui qu'il était devenu.

Il conduisit à travers Genève sans but précis, en caressant sa barbe, ralentissant devant les cafés et observant les femmes assises en terrasse. Il envisagea de déjeuner, puis renonça à cette idée.
Dans l'après-midi, il commença à pleuvoir et il décida de rouler jusqu'à Faucigny, qui se trouvait à une demi-heure de là. Il emprunta la route qui bordait la forêt, passa devant le carrefour où il vivait et continua jusqu'à la pharmacie où Florence travaillait. La pluie l'empêchait de voir à l'intérieur de la pharmacie, mais il lui sembla distinguer la silhouette floue de sa femme.

Il conduisit jusqu'à Saint-Jean-de-Tholome, s'arrêta sur un parking près du centre-ville, attendit un moment puis fit demi-tour et retourna à Faucigny en passant devant la pharmacie. Cette fois, il était certain d'avoir vu Florence parler à un client qu'il ne reconnaissait pas. Il passa devant sa maison, devant l'école et s'arrêta à environ 1,5 km de la ville. À nouveau il attendit et à nouveau il emprunta la même route, devant sa maison, devant la pharmacie, et continua jusqu'à Saint-Jean-de-Tholome. Il refit le même circuit une fois encore, aperçut une fois encore Florence dans la pharmacie, et une fois encore se gara à la sortie de la ville, au-delà de l'école.

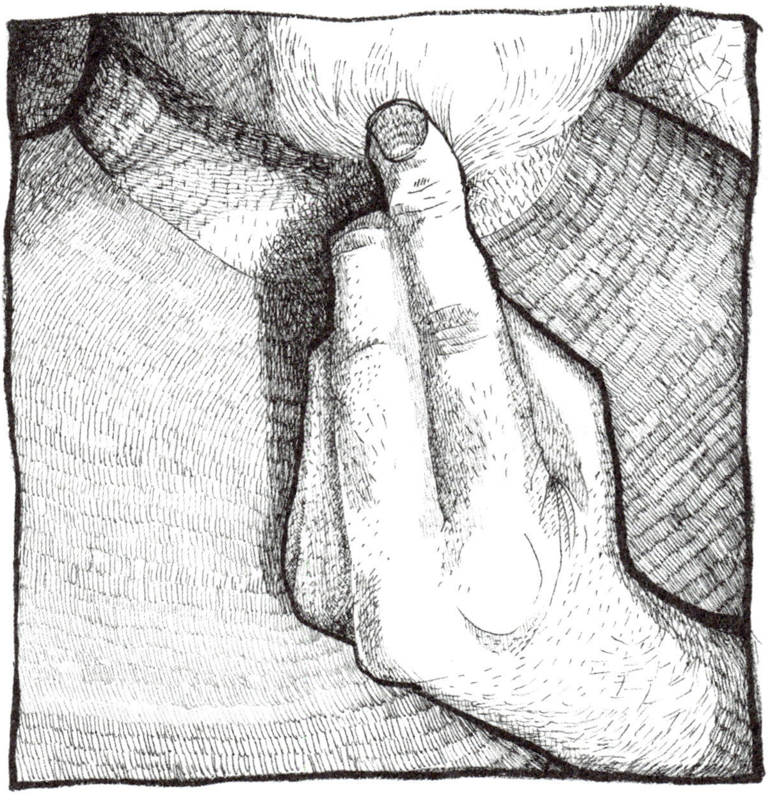

Il commençait à faire sombre et Florence allait bientôt passer prendre les enfants à l'école. Il devenait nerveux et se mit à tripoter sa barbe. Il se regarda dans le rétroviseur, puis fit demi-tour et se dirigea une nouvelle fois vers Faucigny.

Cette fois il arrêta la voiture en lisière de forêt, sa maison clairement visible. Il se gara en bordure de route, entre deux arbres. Il descendit partiellement la vitre pour empêcher le pare-brise de s'embuer et resta assis à regarder la route. La circulation s'était accrue, mais il guettait la voiture de Florence. Il était déjà cinq heures passées. Les enfants étaient sans doute sortis de l'école. Il n'y avait aucune lumière allumée dans la maison et aucun signe de Florence sur la route. Il envisagea de retourner à la pharmacie pour voir si elle travaillait encore, mais il craignait de la manquer sur le chemin du retour. D'un autre côté, peut-être avait-elle décidé de passer prendre les enfants et de les emmener dîner.

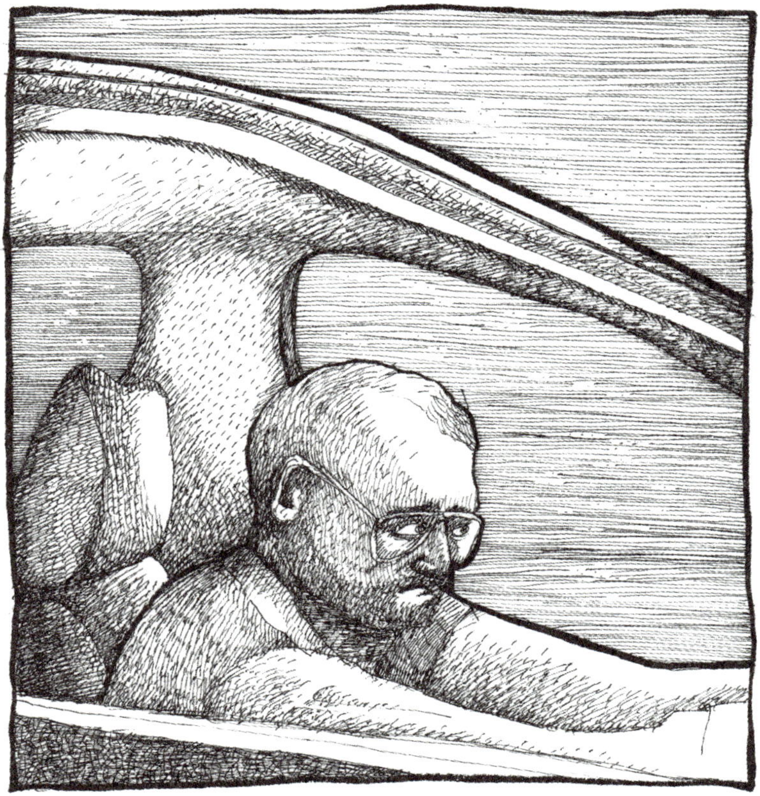

Il resta donc assis dans la voiture, à transpirer et se demander où était Florence, où étaient les enfants. Il commençait à se sentir hors de lui, il fut tenté de reprendre la route pour trouver une cabine téléphonique et appeler la pharmacie, mais il décida d'attendre. Il allait lui donner quarante-cinq minutes. Puis il irait à la pharmacie, expliquerait que sa voiture était tombée en panne et qu'il avait dû en louer une et rentrer à la maison. Il regarda l'heure à sa montre, remarqua qu'il était 18 h 00 précises et continua à surveiller la route.

La circulation avait diminué à présent et les lumières étaient allumées chez les voisins. La maison était toujours dans le noir. Son idée de prétendre que sa voiture était tombée en panne l'avait calmé, mais, tandis qu'il attendait, il se demandait ce que Florence manigançait et s'inquiétait pour les enfants. Il ne lui était pas venu à l'esprit qu'il était souvent loin de chez lui et qu'il n'avait aucune idée de ce que sa famille avait l'habitude de faire en son absence.

Il appelait toujours à la maison à 20 h 30, détaillait toujours ses activités à Florence et parlait toujours à ses enfants, les interrogeant sur leurs devoirs scolaires. Puis il leur disait de ne pas causer de souci à leur mère et d'aller se coucher avant 21 heures. Il n'avait jamais appelé avant 20 h 30. Il en était sûr. Il en était sûr parce que c'était une habitude enracinée en lui.

Il ne lui avait jamais traversé l'esprit que Florence ne quittait pas la pharmacie à 16 heures pour récupérer les enfants à l'école et rentrer directement à la maison. Il n'avait aucun moyen de savoir ce qu'elle faisait quand il était parti – ce qui arrivait souvent – parce que jamais auparavant il n'avait pensé à appeler avant 20 h 30.

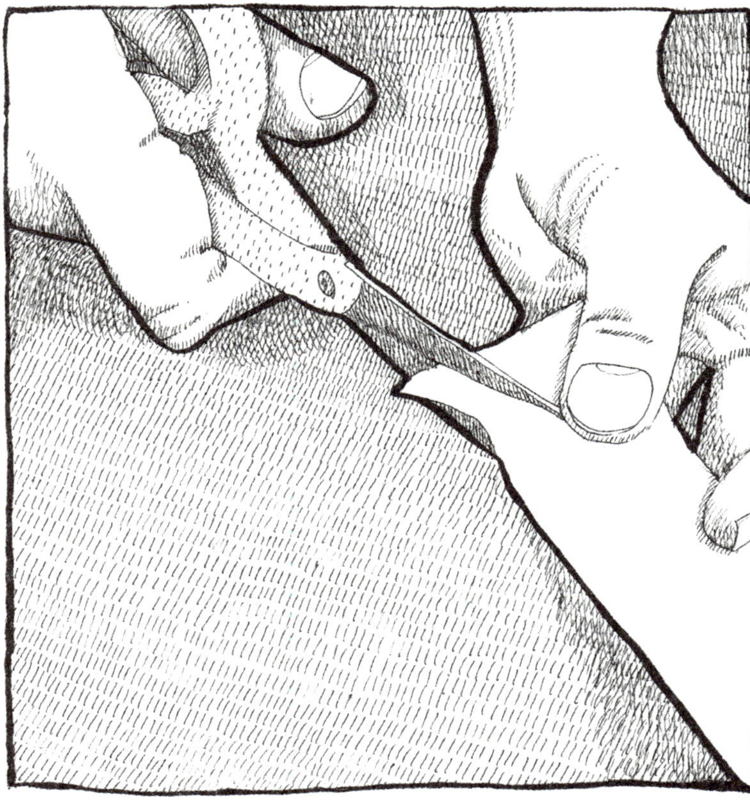

Les habitudes étaient d'une grande importance pour lui quand il s'absentait. Et si c'étaient des routines pour lui, se dit-il pour la première fois, c'en étaient aussi pour Florence. Elle savait exactement à quoi s'attendre de sa part, exactement quand il allait appeler et ce qu'il lui dirait ainsi qu'aux enfants. Oui, il lui avait imposé ses habitudes, mais jamais auparavant il n'avait pensé que ses routines seraient évidentes pour elle. Il n'y avait jamais pensé parce qu'il ne connaissait pas d'autre façon de se acomporter.

Il avait toujours planifié chacune de ses actions et exécuté ce qu'il avait prévu. Il ne soulevait des questions sur ce qu'il devait faire ou dire qu'avant d'agir. Mais quand il mettait un plan à exécution, il ne se demandait jamais si ce qu'il faisait avait le moindre sens, ni s'il aurait dû s'y prendre autrement. Il ne regrettait jamais ses actions ou ses propos, parce qu'il avait déjà résolu tout cela lorsqu'il se sentait différent. Maudlin la personne pensante, le planificateur, était celui qui donnait des ordres à Maudlin l'acteur. Et ce qui était étrange, c'était que l'acteur ne semblait jamais réfléchir à ses propres actions.

Après coup, quand il se donnait des ordres pour le jour suivant, il lui arrivait parfois de se dire qu'il aurait pu faire certaines choses différemment et il modifiait ses plans en conséquence. Minutieusement préparés, ceux-ci n'étaient jamais entièrement articulés ; Maudlin semblait voir, ressentir ce qu'il désirait ou ce qu'il avait à faire dans les grandes lignes, puis se contenter d'agir.
Il lui arrivait de devenir obsédé par de petites choses qu'il souhaitait faire – comme l'idée de revenir à Faucigny et d'attendre Florence assis dans une voiture de location –, mais il n'y avait pas de séquences connectées de pensées, aucun programme suivi dans son esprit ; seuls divers flashs, différents besoins qui s'ordonnaient conformément à la façon dont il les avait exécutés ces douze dernières heures.

Même appeler Chantal à Paris avait été un flash dans son esprit, sans faire partie d'un plan clair. Pour une raison inconnue, ces flashs déconnectés semblaient toujours se mettre en place dans l'action ; Maudlin semblait toujours savoir exactement ce qui devait être fait – quand et où. Ses obsessions, ses visions se résolvaient apparemment d'elles-mêmes dans un ordre spécifique et rationnel selon lequel il devait agir. Il n'avait jamais eu l'impression d'un conflit interne quand il mettait à exécution ses tâches aveuglément.

Assis à la lisière de la forêt dans l'espoir de voir apparaître Florence et les enfants, plus Maudlin attendait et plus il prenait conscience non seulement qu'il ignorait en cet instant où se trouvait sa famille, mais que chaque fois qu'il s'était absenté de la maison, il leur avait donné la possibilité, à cause de ses habitudes – que même à présent il ne remettait pas en question –, d'agir d'une façon dont il ne savait rien.

Il se rendit soudain compte qu'il ne connaissait pas Florence ni ses enfants, mais même cela ne fût qu'une pensée fugace. Ce qui avait toujours permis à Maudlin de maintenir un certain équilibre psychologique était cette même fugacité, et sa façon de rarement se laisser troubler par des questions plus vastes.
Attendre de voir Florence et les enfants apparaître le forçait à se poser des questions qu'il ne se serait pas posées d'ordinaire et auxquelles même à présent il tentait de résister. Pourtant, il ne pouvait éviter d'éprouver le sentiment tenace que Florence s'était comportée étrangement avec lui ces derniers temps.

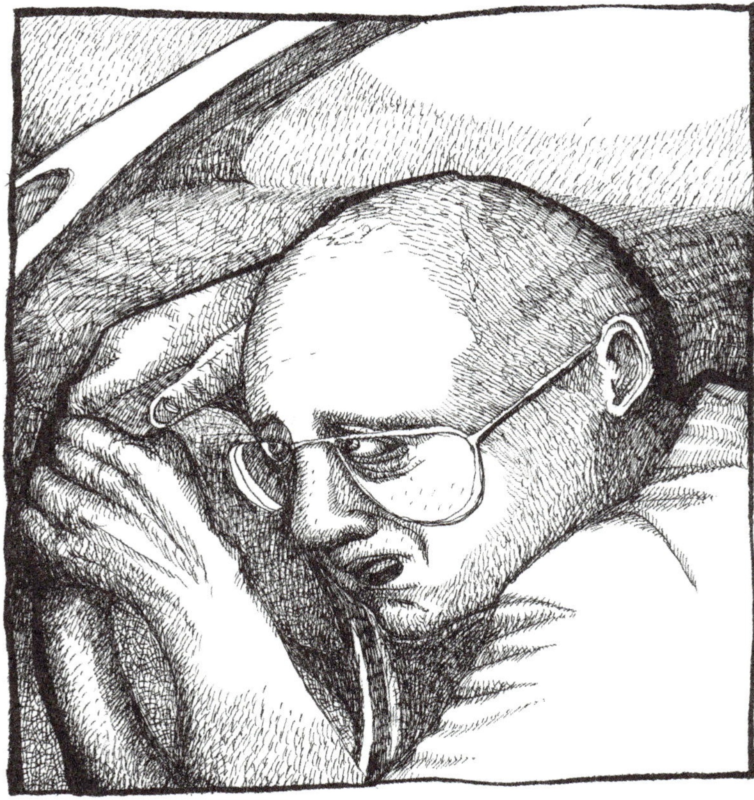

Il finit par se dire que le coup de fil qu'elle avait passé à la banque faisait partie de son désir de le traquer, de le pousser dans ses retranchements puis de le confronter. Mais le confronter… à quoi ? Une voiture de police déboucha dans la rue et s'arrêta sur le parking devant la pharmacie. Deux policiers en sortirent et disparurent à l'intérieur. Maudlin hésita à s'approcher pour voir ce qui s'y tramait, mais se ravisa.

Les policiers réapparurent, montèrent dans leur voiture, quittèrent le parking et s'approchèrent de Maudlin, en ralentissant devant sa voiture. Ses yeux croisèrent ceux du conducteur, qui détourna le regard et prit la direction de l'école, mais ils ne s'y arrêtèrent pas et disparurent dans les virages de la route.

Quand il fit demi-tour, Maudlin remarqua soudain la voiture de sa belle-mère garée devant chez lui. Il ne l'avait pas vue arriver et à présent tout ce qu'il voyait, c'était une voiture vide. Les lumières étaient allumées chez lui, mais il ignorait totalement qui se trouvait à l'intérieur. Il regarda l'heure à sa montre. Il était 19 h 00. Il démarra et passa devant la pharmacie, mais ne vit pas Florence.

À Saint-Jean-de-Tholome, il se gara à côté d'une cabine téléphonique, mais se dit ensuite qu'il serait préférable d'appeler depuis la route et il passa à nouveau devant la pharmacie. Encore une fois, il ne vit pas Florence. Il passa devant chez lui. La voiture de sa belle-mère était toujours garée devant et les lumières allumées. Il continua en direction de la frontière. Il envisagea d'abord de retourner à son hôtel et d'appeler à la maison comme il le faisait d'ordinaire à 20 h 30. Mais il repéra une cabine téléphonique en bordure de route et il s'arrêta sans attendre, sortit de la voiture et appela chez lui.

Sa belle-mère répondit.
— Oh, Pierre, fit-elle, surprise de l'entendre, je croyais que vous étiez à Paris.
— Je suis au bois de Boulogne. Nous recevons des Russes et mes collègues ont décidé d'inviter tout le monde à dîner, j'ai donc préféré appeler maintenant.
— Florence n'est pas là, mais je l'attends pour 20 h 30.
Ainsi connaissait-elle son habitude d'appeler à 20 h 30. Pas un mot sur l'endroit où sa fille se trouvait.
— Florence travaille tard ? demanda Maudlin.
— Oui… Elle m'a demandé de garder les enfants.
Maudlin savait qu'elle mentait. Il y eut une pause embarrassée.

Puis sa belle-mère brisa le silence et demanda d'un ton enjoué :
— Quel temps fait-il à Paris ?
Il n'avait pas vérifié, et répondit « variable ».
— Et comment sont les Russes ?
— Je les apprécie. Ils s'intéressent beaucoup à mon travail et ils ont l'intention de m'inviter à Moscou.
— Oh, vous allez à Moscou, fit-elle avec une pointe de sarcasme.
— Disons, pas dans l'immédiat. (Il devenait nerveux.) Je vais devoir y aller. Ils m'attendent. Si j'en ai la possibilité j'appellerai tout à l'heure, mais pas trop tard. Je ne veux pas réveiller les enfants une fois qu'ils sont couchés. Merci de dire à Florence que tout va très bien et embrassez les tous les trois pour moi.

Au moment de couper la communication, un coup de tonnerre retentit, mais Maudlin avait raccroché le combiné avant qu'on ne puisse l'entendre.
La pluie tombait dru à présent. Il avait raccroché juste à temps. Il se tenait debout dans la cabine, à regarder passer les voitures avec leurs phares allumés. En se couvrant la tête de son manteau, il retourna à la voiture au pas de course. Il était 19 h 45, et Maudlin envisagea de reprendre la route et d'attendre en lisière de forêt de l'autre côté de sa maison jusqu'au retour de Florence. Mais peut-être était-il plus sage de retourner à Genève.

Sa conversation avec sa belle-mère l'avait désorienté. Il avait commis une erreur en appelant avant 20 h 30. L'avantage de respecter des habitudes était que vous ne commettiez pas d'erreur comme celle-ci. Il descendit à nouveau la rue, passa devant sa maison, la voiture de sa belle-mère toujours garée dans l'allée, et continua jusqu'à la pharmacie. Il n'y avait personne devant le magasin. Il fit demi-tour au bout de la rue et, une fois qu'il eut à nouveau dépassé sa maison, il traversa rapidement et se gara en bordure de forêt.

Il était 20 h 05. Il était fatigué et son manteau mouillé le gênait. Il avait envie de rentrer chez lui. Si seulement il avait dit que sa voiture était tombée en panne et qu'il était sur le chemin du retour… Mais il ne l'avait pas fait et il était inutile de regretter ce qu'il n'avait pas fait. À présent, il allait attendre Florence. Il regardait la route qui conduisait à la pharmacie. L'enseigne lumineuse verte venait de s'éteindre.

Une voiture s'engagea sur la route depuis le parking de la pharmacie. Ce n'était pas celle de Florence. Maudlin attendit. Une voiture passait de temps à autre. À 20 h 20, il en vit une s'arrêter juste avant sa maison. Les essuie-glaces étaient en marche et il ne pouvait pas voir à l'intérieur. Puis la portière côté passager s'ouvrit et il vit Florence courir jusqu'à la maison. La porte d'entrée s'ouvrit et il entraperçut sa fille avant que la porte ne se referme. La voiture près de l'entrée de la maison avait fait demi-tour. Maudlin se dépêcha de mettre le contact, mais plusieurs voitures arrivaient, il lui fallut attendre et, quand il put traverser, il avait perdu la voiture de vue. Il conduisit dans la direction qu'il l'avait vue emprunter pour la dernière fois, mais après cinq minutes, il renonça et retourna à Genève.

Il dîna dans un café en face de la gare et, avant de retourner à l'hôtel, retira sa fausse barbe et la laissa dans la boîte à gants de la voiture. Il était trop tard pour appeler à la maison. Pour se distraire, il emporta son exemplaire de *Farm Hall, les transcriptions perdues* à l'hôtel. Tandis qu'il le feuilletait, Maudlin tomba sur un dialogue entre Weizsäcker, Heisenberg et un autre détenu, le physicien Kurt Diebner. Il y avait des dessins sur les pages.

# VIII

## *Farm Hall*

## *En attendant Potsdam*

COPIE No 1
Transcription : R. Heilbron, H. Ganz
18 juillet 1945

La conversation qui suit inclut un dialogue entre VON WEIZSÄCKER, HEISENBERG et DIEBNER.

WEIZSÄCKER (à l'intention, semble-t-il, de Heisenberg) : Vous n'aviez aucune difficulté à imaginer une bombe. Je me souviens que vous avez dit, en septembre ou octobre 1939 : « Eh bien, nous devons le faire. Hitler va perdre la guerre. C'est comme une fin de partie aux échecs, avec une tour en moins que l'adversaire. Il va perdre sa guerre. En conséquence, l'Allemagne va être en grande partie détruite, ou sa puissance sera amoindrie. La science sera toujours là, et il est nécessaire que la science survive à la guerre, et nous devons faire quelque chose pour cela. Et donc nous devons *la* construire pour sauver la Culture allemande, la Science allemande. » Et bien que nous – vous et nos collègues du projet Bombe atomique, dans la Maison des Virus – ne puissions promettre que l'Allemagne aurait la bombe avant la fin de la guerre, l'Allemagne était loin devant l'ennemi, un ennemi qui savait certainement qu'une bombe était possible, et faisait certainement la course pour réaliser ce que l'Allemagne avait à faire, en légitime défense…

HEISENBERG (le coupant) : Ils vont se rencontrer plus tard ce mois-ci à Potsdam…

WEIZSÄCKER : Bien sûr. Nous devons attendre les Trois Grands…

HEISENBERG : Le tout-Hechingen sait que j'ai été arrêté. Si la nouvelle se répand, ils sauront que nous sommes en vie.

WEIZSÄCKER : Bien sûr, tout le monde sait que nous sommes toujours vivants.

HEISENBERG : Oui, ils ont peur que des journalistes un peu malins s'approchent furtivement, nous voient jouer au tennis, prendre des bains de soleil et dîner avec le haut commandement britannique et que le lendemain les gros titres annoncent : « Des scientifiques allemands nazis se font bronzer à Farm Hall : les meilleurs vins français au dîner ».

DIEBNER : Dès que les Russes auront donné leur accord pour que nous restions à l'Ouest, ils nous laisseront partir. C'est de ça dont ils vont parler à Potsdam. Je trouve que les Anglais devraient faire preuve de décence et nous confirmer que nous sommes la priorité de l'ordre du jour de Potsdam.

Peut-être ont-ils peur de trop en dire à cause de Staline.

HEISENBERG : C'est de cela qu'ils vont décider à Potsdam. De notre sort. Il se peut que Churchill veuille seulement nous renvoyer à Berlin.

# IX

## *La dent*

Il y avait dans le bunker où nous faisions les traductions un sentiment d'irréalité, l'impression que ce que nous étions en train d'écouter et de traduire n'avait pas réellement lieu, mais était une sorte d'événement surnaturel auquel le hasard nous avait mêlés, un événement surnaturel qui était la conséquence de la guerre, mais dont le pourquoi et le comment restaient mystérieux. L'histoire qui suit, de la dent, était assurément si étrange, si extravagante et si improbable, nous disions-nous, que nous avions du mal à simplement traduire ce que nous entendions. Nos « griffonnages » témoignent de notre confusion et de notre surprise à l'idée que l'histoire que nous traduisions reflétait les croyances profondes des détenus allemands. Nous n'étions pas certains que les Allemands ne fussent pas simplement en train de jouer la comédie pour nous et pour nos gouvernements. Nous pensions qu'il y avait un dialogue secret, une signification cachée à l'histoire de la dent, que nous ne parvenions pas à saisir. [1]

1- Heilbron a écrit cette note après avoir pris connaissance des transcriptions « perdues » et des griffonnages et dessins « retrouvés » en 1993, juste avant leur publication.

COPIE No 1
Transcription : R. Heilbron, H. Ganz
18 juillet 1945

La conversation suivante a lieu entre VON WEIZSÄCKER, DIEBNER et HEISENBERG.

WEIZSÄCKER (répondant à une question inaudible) : À partir de 1944, les bombardements alliés se sont intensifiés et Diebner et moi avons quitté Berlin pour le sud. Nous avons fait un arrêt à Munich où nous avons rendu visite à l'ancien camarade de classe de Diebner, le dentiste Hans Mosley, qui vivait alors dans Merzstrasse.

DIEBNER : Mosley se vantait d'avoir reçu la visite d'Hitler souffrant d'une terrible rage de dents à la fin d'octobre 1938, quelques jours avant la signature des accords de Munich, et de lui avoir arraché sa troisième molaire…

WEIZSÄCKER (le coupant) : Oui, oui… L'idée que Chamberlain avait fait des concessions face à Hitler à Munich le faisait rire. Rien de tel ne s'était produit. Munich, c'était le mal de dents, la troisième molaire du Führer. Adolf Hitler avait eu une rage de dents et c'était pour cela qu'il avait tardé à commencer la guerre.

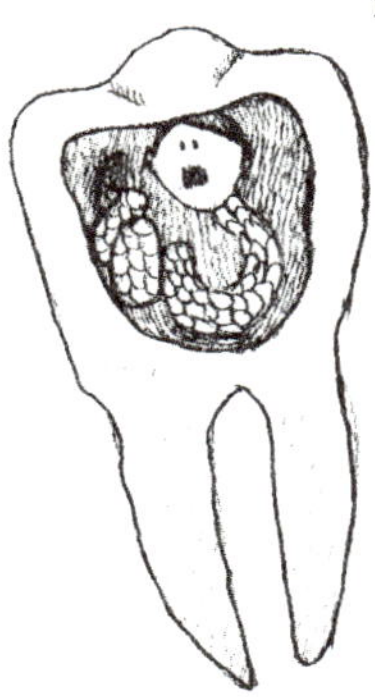

DIEBNER : Exact. C'était sa dent qui avait retardé le début de la guerre. Mosley a pris un bocal, dans le cabinet au-dessus de l'évier où il se lavait habituellement les mains avant d'examiner les patients, et nous a montré « la dent qui avait retardé le début de la guerre ».

WEIZSÄCKER : Il y avait une grande photo du Führer fixée sur l'une des portes intérieures du cabinet. Je me souviens qu'il a tendu le petit bocal vers la lumière au-dessus de la tête de Diebner. Au fond du bocal, plein d'un liquide jaune putride, se trouvait une dent pourrie. Les mains de Mosley tremblaient. Il semblait être en transe alors qu'il tenait le flacon…

DIEBNER : Cet après-midi-là, alors que nous nous apprêtions à partir, Munich a été bombardée. L'église du Souvenir a été touchée, le clocher s'est écroulé. La route du sud était bloquée, ce qui nous a obligés à patienter à Munich. Nous sommes retournés errer sur la Merzstrasse à travers les flammes, les bombes qui n'avaient pas explosé, le sol brûlant. La maison de Mosley s'était effondrée et plusieurs poutres étaient en feu.

WEIZSÄCKER : Il n'y avait pas signe de vie… Nous avons pénétré à l'intérieur à la recherche de Mosley, mais sans pouvoir le trouver… Alors que nous regardions cette scène de dévastation, Diebner nous montra la chaise du dentiste, l'évier et le cabinet qui gisait dans les décombres. Diebner, vous vous souvenez ? Vous avez ouvert le cabinet. À l'intérieur se trouvait le bocal avec le fluide jaunâtre. La molaire pourrie était au fond. Diebner a mis le bocal dans sa poche et est retourné vers les camions transportant les parties du réacteur nucléaire que nous avions construit à Berlin et que nous transportions à présent vers le sud.

DIEBNER : Oui, quand nous sommes arrivés à Hechingen, le flacon était toujours dans ma poche. Nous l'avons enterré dans la fosse d'aisances derrière la maison de Weizsäcker. À la fin de la guerre, forcés de quitter Hechingen, Weizsäcker et moi avons scellé toutes nos notes scientifiques dans un baril en métal que nous avons placé dans la même fosse, au-dessus du bocal contenant la dent.

WEIZSÄCKER (avec excitation) : C'est à Hechingen que nous avons compris que la dent était une occasion, la vraie bombe sur laquelle nous devions travailler…

DIEBNER : Vous vous souvenez de la conférence de Spemann... C'était cinq jours avant la découverte de la fission à l'institut de physique Kaiser Wilhelm, à Berlin...

HEISENBERG : Oui, oui, Spemann dit que toute l'idée lui était venue comme une expérience fantastique... En pensant à August Weismann... Je me souviens...

DIEBNER : Weismann avait soutenu au XIXe siècle que les cellules adultes ne préservent pas les informations qui ont fait d'elles une cellule de foie, un neurone ou une cellule de l'épiderme. Il était impossible de faire revenir la cellule à son état primitif indifférencié. Une fois que le destin de la cellule avait été décidé, il n'y avait pas de retour en arrière possible.

WEIZSÄCKER : Exact, mais Spemann pensait que c'était complètement faux. Alors il a imaginé l'expérience fantastique qu'il a décrite à Berlin... La cellule du foie de Weismann, a dit Spemann [Note du transcripteur : On entend un gros éclat de rire dans le fond], pouvait être transformée en un nouveau Weismann.

HEISENBERG (le coupant) : Cette idée semblait aussi absurde que l'idée de la fission atomique qui était l'équivalent de couper des montagnes en deux avec des balles de tennis !

WEIZSÄCKER (qui semble irrité par l'interruption) : Mais en 1938 les idées fantastiques étaient très en vogue ; Spemann avait imaginé qu'il était possible de capturer le passé, qu'il était possible de créer des doubles d'humains et d'animaux !

HEISENBERG : La dent, la dent [inaudible]… Nous devrions mettre à l'épreuve la détermination des vainqueurs à ne jamais avoir un autre Hitler, un autre dictateur, un autre monstre au pouvoir. Ne croyez pas que les Américains, les Anglais ou même les Français auraient rejeté notre propre leader défunt s'ils l'avaient véritablement connu… Quand les Américains victorieux ont-ils jamais sympathisé seulement avec « les gentils » au pouvoir ? Placez un Hitler parmi eux et, sous peu, tout le pays tombera sous son charme, comme toute l'Allemagne est tombée sous son charme pendant plus d'une décennie. En réalité, la seule façon d'empêcher un nouvel Hitler d'accéder au pouvoir serait de savoir ce qui le rendait si brillant…

WEIZSÄCKER (le coupant) : Il ne suffit pas de dire qu'il a été la cause du déclin et de la chute du IIIe Reich, ni qu'il a été le plus grand monstre de l'Histoire. Non, personne ne sait pourquoi il était qui il était, les ingrédients biologiques, psychologiques et sociaux qui ont rendu une telle monstruosité possible… Pourquoi cette combinaison particulière de caractéristiques biologiques, psychologiques et sociales a séduit toute l'Allemagne et tant d'autres à travers le monde ? Oui, l'Allemagne et le monde ont été séduits par lui, ne l'oublions pas. Il est vain de spéculer sur son unique testicule, sur son incapacité à établir la moindre relation intime avec les femmes ou avec les hommes, sur le fait que son père l'avait brutalisé, sur les attaques contre les Juifs, qu'il concevait comme une race à part du reste de l'humanité, comme un cancer à éradiquer ; oui, il est vain de dire que cette répétition obsessionnelle de sa haine fondamentale de tous les Juifs pourrait être étudiée et comprise par l'analyse des archives historiques, comme il est tout aussi vain de dire qu'il était paranoïaque, sans une once de sensibilité émotionnelle, ou qu'il était un mutant froid et inhumain. Il était impossible de comprendre son immense pouvoir de séduction s'il n'était pas en face de vous, couvert de sueur tandis qu'il haranguait la foule. Il était impossible de comprendre la nature de son lien avec les gens, sa capacité extraordinaire à captiver et à fasciner son auditoire pendant des heures. Non, il était impossible de comprendre tout cela, si cet homme n'était pas là juste devant vous. C'est comme tenter de comprendre les prouesses d'un athlète à partir de descriptions écrites, ou la sensation de voler à travers nos rêves… Il ne peut y avoir de compréhension réelle d'Adolf Hitler, de solution pour empêcher de futurs Hitlers de prendre à nouveau le pouvoir, si ceux qui sont si enclins à nous faire la morale à nous les Allemands, si prompts à nous accuser d'avoir « collaboré » avec un régime immoral, ne font pas l'expérience directe du Führer eux-mêmes. Après avoir été témoin de ce que les Russes ont commis en envahissant l'Allemagne – violer et tuer des femmes et des enfants allemands –, tout comme les Américains et les Britanniques, oui, après avoir été témoin des abus perpétrés par les envahisseurs de l'Allemagne – la destruction de nos villes, de nos églises, le meurtre d'innocents citoyens –, il fallait regarder par deux fois le Führer, l'examiner de plus près. Il avait été applaudi, honoré, adoré par le peuple d'une des plus grandes civilisations du monde – et cela ne pouvait se produire sans que cet homme possède un certain mérite. Et c'est pour cela qu'il nous fallait le préserver pour l'avenir ! Nous devons le recréer pour montrer aux générations futures qu'il n'était pas tout mauvais ! Il faut nous expliquer, expliquer pourquoi nous sommes restés en Allemagne pendant la guerre, pourquoi nous avons aidé un régime qui a sans doute eu ses moments d'« excès ». Mais quel régime, à travers l'histoire, n'a pas eu ses moments d'« excès » ? Mais ce n'était pas le pire, en vérité, c'était l'Allemagne, c'était la Culture avec un grand C – et ainsi, c'était bien mieux chez nous que chez ceux qui avaient cru bon d'attaquer notre patrie !

# X

## *Hiroshima*

COPIE No 3
Transcription : H. Ganz, R. Heilbron
6 août 1945

La transcription qui suit de la traduction des enregistrements réalisés le 6 août 1945, jour où les Américains ont lâché la bombe atomique sur Hiroshima, présente un intérêt particulier pour les historiens, les politiciens et les scientifiques parce qu'elle révèle que les scientifiques allemands n'ont pas tout de suite compris ce qu'avaient fait les Américains. Apparemment surpris par la réponse des Allemands, les traducteurs ajoutèrent aux transcriptions une série de parenthèses qui, pour préserver la vérité historique, ont été largement expurgées de la version donnée ici. Ont été conservés, en revanche, les commentaires qui fournissent des indices sur l'état d'esprit des scientifiques allemands ou qui pourraient aider le lecteur à comprendre le contexte.

HEISENBERG : Ç'aurait été tellement beau si nous avions vaincu. Même l'Angleterre aurait bénéficié d'une victoire allemande. Certes, les nazis avaient exagéré. Ne nous soucions pas de cela à présent. Pour être honnête, cela n'a jamais fait partie de nos préoccupations. Nous étions trop occupés à construire un réacteur nucléaire en état de marche pour nous inquiéter des excès de la politique allemande.

FUCHS : Oh, regardez nos geôliers : nous voici en Angleterre sans chef d'inculpation, sans explication, et sans aucun contact avec l'extérieur. Les abus du récent régime nazi – dont vous et moi ignorons tout, ce n'est que ouï-dire –, aussi peu recommandables et criminels qu'ils aient pu être, n'excusent en rien le traitement que les Britanniques infligent à des scientifiques allemands distingués comme nous.

HEISENBERG : La guerre engendre des excès. Même dans les pires moments de la guerre, quand il y avait à peine assez de nourriture pour la population, dans les centres de recherche scientifique allemands, la décence humaine était une qualité fondamentale partagée par nous tous. Les récentes invasion et destruction de l'Allemagne, dont nous avons été les témoins directs, n'ont pas leur pareil dans la violence gratuite et vengeresse, le bombardement criminel des plus belles églises et des œuvres d'art les plus irremplaçables de la civilisation. Les générations futures ont été privées d'une éducation que rien ne pourra jamais remplacer.

FUCHS : Nous tous à Farm Hall avons vu ou entendu parler de nombreuses atrocités – viols, meurtres, tortures – commises par les forces soviétiques et probablement aussi par les Américains... Et, bien qu'aucun d'entre nous ne se soit plaint et que nos geôliers britanniques aient fait preuve d'une grande courtoisie, il est toujours aussi peu légal, ou décent, de nous garder ici et de dissimuler notre sort aux peuples américain et britannique – tout comme à nos familles, amis et collègues.

HEISENBERG : Nous sommes irremplaçables. Le goût pour l'enseignement est toujours vivace en chacun de nous, le sens de la découverte, poser les nouvelles fondations du savoir, ne peut être dupliqué ou remplacé par d'autres qui auront peut-être été tentés par le monde anglo-saxon avant la guerre. Bien sûr, les Alliés veulent tirer avantage de nous. Ils ont besoin de nous.

FUCHS : Désespérément besoin !

HEISENBERG : Nous avons été kidnappés pour empêcher les Russes d'apprendre à élaborer une bombe. Et nous avons été envoyés en Angleterre, où il y avait peu de chance que quiconque nous trouve. Les Anglais savent qu'ils ont une mine d'or entre les mains – une mine de savoir scientifique.

WEIZSÄCKER : Tout le monde sait que l'avenir est entre les mains du pays qui a Heisenberg !

HEISENBERG : Et Weizsäcker, et le reste d'entre nous. Les Trois Grands – les Américains, les Russes et les Britanniques – se réunissent à Potsdam pour discuter de l'avenir du monde… et en premier dans l'ordre du jour figure l'avenir de Heisenberg et de Weizsäcker. Nous sommes tout en haut de la liste.

[Note du traducteur : Apparemment, les détenus n'avaient pas conscience que la conférence de Potsdam s'était achevée et que leurs noms n'avaient été prononcés par aucun des Trois Grands.]

HEISENBERG : C'est pour cela que nous sommes à Farm Hall : les Alliés, les Américains et les Britanniques ont besoin de nous, besoin du savoir-faire allemand. Einstein a échoué à inscrire les Alliés dans la science moderne. Même si l'Allemagne a perdu la guerre, même si la patrie d'Einstein s'est transformée en un tas de décombres, la science allemande, la supériorité allemande ont survécu à la guerre, comme elles ont survécu à des siècles de guerres et de conflits par le passé. L'Allemagne est – et sera toujours – le centre de la culture mondiale et se remettra debout pour dominer le monde, même après la défaite militaire.
Einstein [Note du traducteur : Il prononce « Einstein » avec un mélange de dédain et de jalousie] m'a dit – à moi ! Werner Heisenberg ! – que ma théorie était fausse et il ne m'a montré que peu d'intérêt par la suite. Einstein, l'homme qui a rejeté ses origines. Einstein, un Allemand qui a quitté l'Allemagne, s'est retourné contre sa patrie et a désavoué ses véritables racines. Je me souviens que, parce que les attaques aériennes s'étaient intensifiées sur Berlin, il nous avait fallu évacuer le laboratoire de l'institut de physique Kaiser Wilhelm, à Berlin-Dalem, où nous étions en train de travailler à la construction d'un réacteur atomique. Nous avons trouvé refuge dans la petite ville

de Hechingen, dans le sud du Wurtemberg, dans une usine de textile. Un jour, le propriétaire me dit, en montrant une petite maison en face de l'usine : « Cette maison appartient à la famille Einstein ». Les propriétaires n'étaient pas des ancêtres directs d'Einstein, mais une autre branche de la famille. Ils avaient vécu plusieurs siècles dans la Souabe. Ainsi, Einstein – en dépit de son aversion pour ses origines allemandes – était un véritable Souabien…

[Note du traducteur : À mesure que Heisenberg continue, il semble s'amuser de sa performance.]

HEISENBERG : Einstein, le grand pacifiste qui voulait construire une bombe atomique ; le sioniste qui voulait parler et négocier avec les Arabes – et qui émigra non pas en Palestine, mais en Amérique.

# XI

*Faucigny, janvier 1994*

Il était épuisé, nerveux et inquiet, et sentait son esprit vaciller. Il n'avait pas prévu de surveiller Florence, mais c'était ce qu'il était en train de faire. Après tout, en y réfléchissant, c'est elle qui aurait dû l'espionner. Il pensait par moments que c'était le cas, quand il croyait l'avoir vue dans une voiture garée sur le parking de l'OMS ou en train de le suivre sur la route de l'aéroport avant de faire demi-tour. Il n'en était jamais certain, trop occupé par ses propres manœuvres d'évasion, son besoin d'inventer des histoires, d'appeler à la maison à 20 h 30 précises. Son besoin d'appeler Chantal pour la rassurer à propos de son argent, ou de se répéter mentalement ses derniers travaux pour le laboratoire.

Oui, il avait réorienté son « travail », le travail qu'il mentionnait, celui dont il parlait à tous. Il s'était réorienté vers la génétique et il rencontrait des Islandais, des Russes et des Américains, il avait eu des difficultés à tout faire, dépister les causes génétiques des maladies tout en faisant fonctionner un business dont il assurait Florence qu'il les rendrait riches, très riches : dire, en quelque sorte, la bonne aventure aux gens en utilisant leurs gènes, prédire leur avenir, leurs talents ainsi que les maladies qu'ils pourraient rencontrer.

Mais ce « business » marchait aussi pour le système judiciaire, en prélevant des échantillons d'ADN sur les scènes de crime et, au dire de Maudlin, en innocentant régulièrement des prévenus. Il aimait parler des dossiers sur lesquels il travaillait, des affaires qui clochaient mentionnées dans de vieux journaux, de celles dont il suspectait que le « coupable » avait été condamné à tort et qui le menaient d'une scène de crime à l'autre, d'immeubles délabrés en manoirs, où des maris jaloux battaient leur épouse à mort tandis qu'il cherchait à faire casser des jugements vieux de plusieurs années en utilisant l'ADN.

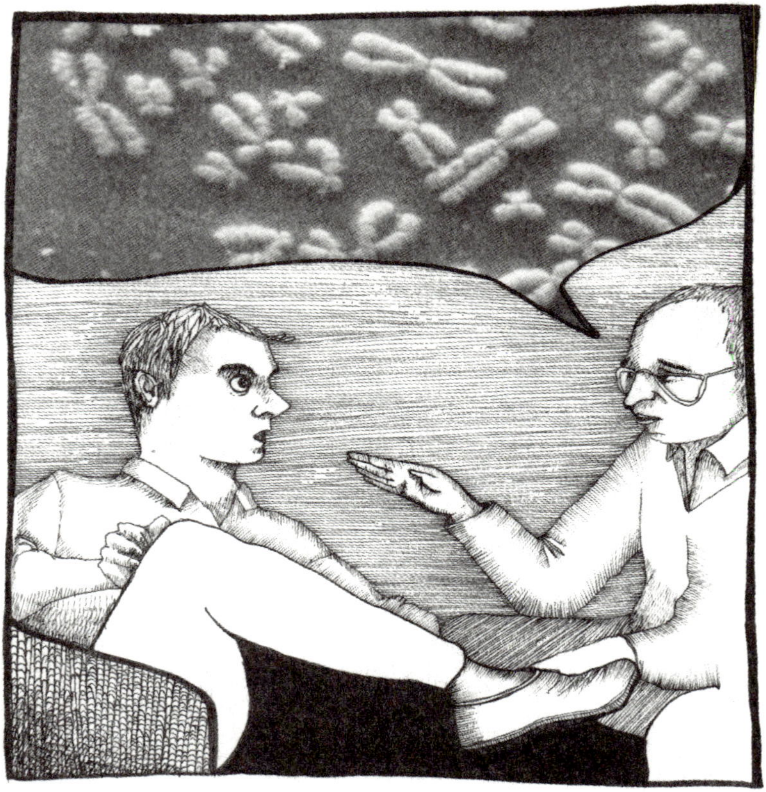

Dernièrement, il s'était passionné pour un mari qui voulait savoir si « ses » enfants étaient bien de lui. Florence écoutait ses récits quand ils dînaient avec Gérard Olivier et sa femme. Elle s'était montrée fière de lui quand il avait commencé à décrire ses rencontres avec les Islandais et les Américains et qu'il avait parlé de leur collaboration, mais récemment elle avait remarqué son intérêt obsessionnel pour la détermination de la « vraie » parenté des enfants. Elle commença à se sentir mal à l'aise quand il parlait de son travail de détective lors de dîners chez des amis. Elle était déchirée par le sentiment qu'il ne menait plus des recherches prestigieuses, tout en étant fière de ses efforts pour aider les accusés à tort, les innocents.

Maudlin expliqua avoir été consulté par l'Innocence Project américain sur la manière dont il avait fait libérer deux « violeurs » après trente années de prison. Il parlait avec autorité de la faillibilité des témoins. Les cas n'étaient pas rapportés par la presse française. Gérard Olivier se souvint en effet d'une histoire sur une femme qui avait retiré son témoignage accusant un homme noir de l'avoir violée, après que des tests ADN eurent prouvé qu'il ne pouvait être son agresseur, mais il ne vit pas le nom de Maudlin et se dit qu'il avait dû s'occuper d'autres affaires. Il était surpris que plus de 250 personnes aient été innocentées.

Les pensées de Maudlin s'interrompirent. Il vit la voiture avec les essuie-glaces en marche. Florence en sortit. Il la vit, accompagnée de sa fille et de son fils. Ils étaient tous devant lui, dehors sous la pluie. À cet instant – la pensée ne lui avait encore jamais traversé l'esprit –, il se demanda si ses enfants étaient bien de lui. Il se demanda s'il n'avait pas trop réfléchi et trop lu sur le sujet des gènes...

Il se reposa la question.
Au même moment, sans qu'il sache pourquoi, le nom de Spemann lui vint à l'esprit. Spemann, la dent, *la bombe*... Pas Hiroshima, la bombe allemande, l'autre bombe... Les essuie-glaces allaient et venaient. Les regarder lui faisait tourner la tête.

# XII

*Paris, 12 janvier 1994*

La circulation progressait lentement vers Paris. L'histoire de la banque lui faisait voir les choses différemment. Florence était prête à le quitter, après s'être servie de lui pendant quinze ans, après s'être cachée sous ses jupons. Oui, elle suspectait qu'il y avait un problème au travail. Ce qu'elle pensait exactement, il l'ignorait, elle ne le lui avait pas dit. Mais qu'il n'avait pas été franc à propos de l'argent, son argent, leur argent, elle l'avait compris. Alors elle croyait qu'il faisait la noce avec son salaire.

Si c'était ce qu'elle croyait, elle se trompait lourdement. Pendant quinze ans, il avait géré leurs comptes sans difficulté. Pendant quinze ans, il lui avait offert une situation à Faucigny que personne de sa connaissance n'aurait pu lui offrir. Elle se sentait plus à l'aise à Faucigny qu'à Paris, cela n'avait pas été son choix à lui, c'était ce qu'elle avait voulu, sans nul doute pour continuer à avoir des aventures (il fut surpris de la certitude avec laquelle il pensait à présent à ses aventures) et rompre à volonté, parce que personne ne pouvait la satisfaire, lui apporter le prestige que Maudlin lui apportait. Elle, la bonne catholique, avait besoin de ses aventures, avait besoin de la constante attention des hommes de la ville.

Sans doute parlait-on d'elle comme on parlait de Maudlin. La ville se moquait d'eux derrière leur dos. Elle se servait des hommes, se servait de lui et de tous ceux avec qui elle avait couché, comme elle les avait utilisés en les montant les uns contre les autres à l'époque où ils étaient étudiants à l'école de médecine. Et à présent elle croyait qu'elle pouvait lui reprendre le contrôle de leurs comptes. Son ignorance de ce qu'elle avait bien pu faire en son absence n'était pas ce qui le troublait actuellement, ni même la découverte (si en effet il avait vu juste) que sa vie, ses pensées, lui avaient été aussi étrangères que les siennes l'avaient sans doute été pour elle.

Il ne pensait jamais à lui-même. Il n'était jamais fier de lui, ne se regardait jamais dans le miroir ni n'admirait ce qu'il voyait, n'avait jamais éprouvé le sentiment de supériorité que sa situation lui avait donné, quand il était seul.
Maudlin seul était un homme qui devait résoudre des problèmes spécifiques jour après jour. Il ne pouvait se permettre de se glorifier. Il n'en avait pas l'espace mental ; il devait se préoccuper de leurs relations avec la commune de Faucigny.

Puis elle avait tout gâché, en courant à la banque : elle savait que la banque, c'était son affaire. Il l'avait protégée pendant quinze ans : il n'y avait aucune raison pour qu'un coup de fil de Charrette la pousse à courir à la banque pour vérifier leurs comptes et lui suggérer que quelque chose allait de travers. Il ne s'était jamais vu comme quelqu'un qui se faisait manipuler par les autres, l'idée de « manipulation » ne lui avait jamais traversé l'esprit.

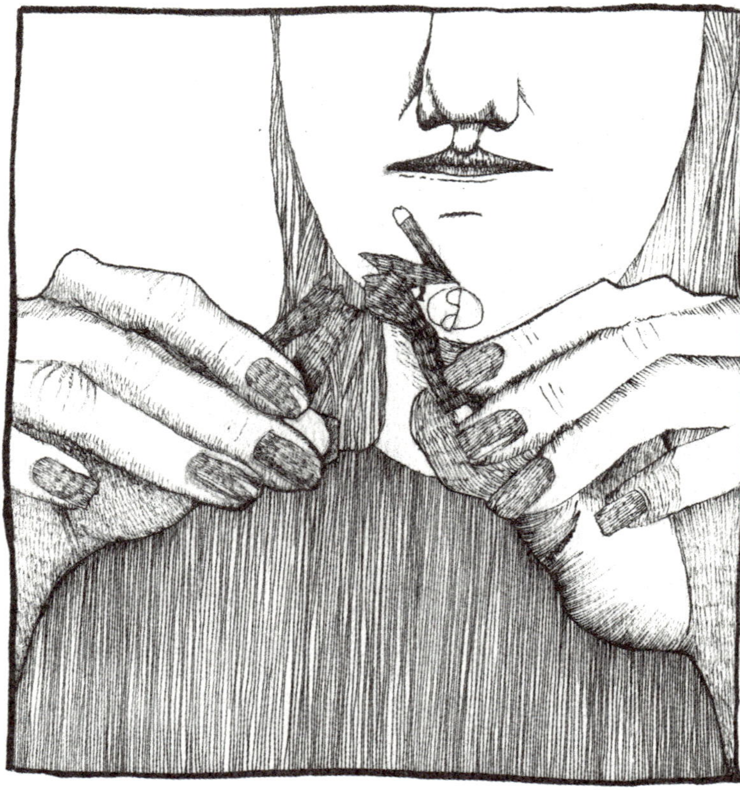

En réalité, le sentiment d'être manipulé par Florence était si peu familier pour lui – et si dévastateur pour son équilibre mental – que lui vint soudain la pensée que lui, Maudlin, le chercheur à l'OMS que le tout-Faucigny connaissait, n'existait plus. Si ses histoires n'étaient plus acceptées *prima facie*, il n'y avait plus rien à dire. Il était comme mort ; ou, peut-être, songea-t-il, devrait-il être mort. Il luttait contre sa propre mort.

L'espace d'un instant, il se sentit comme un homme sans identité. Il n'avait pas d'identité. Il avait été obligé de consciemment s'inventer lui-même, non pas, comme nous le faisons tous, en se donnant des airs, en imitant ceux qu'il aimerait être et en s'inventant des histoires qui renforceraient son amour-propre et le sentiment que les autres l'admiraient. Maudlin était né sans la capacité à s'associer avec lui-même, avec son passé, sa famille, ses enfants. Il était un étranger permanent tentant de s'imposer à ceux avec lesquels il vivait. Il lui manquait une personnalité qui lui appartînt – ou il lui manquait le sentiment d'avoir une personnalité –, comme si elle était anesthésiée, engourdie, incapable de réagir, un morceau de mastic pesant sur lui.

Et c'est la raison pour laquelle il avait l'impression qu'on lui posait toujours les mauvaises questions. Il ne pouvait pas expliquer pourquoi les questions étaient mauvaises, mais il pensait que les gens devraient être plus prévenants avant de le sonder avec leurs interminables « Alors, Pierre, que pensez-vous de… ? ». Pis encore, ils l'interrogeaient sur des choses dont il ne se souciait pas vraiment, mais qu'il devait rendre crédibles – bien qu'il ne se l'avouât pas à lui-même – pour Florence et les enfants – s'ils étaient bien ses enfants, se répétait-il, car il y avait quelque chose qui ne collait pas à propos des grossesses.

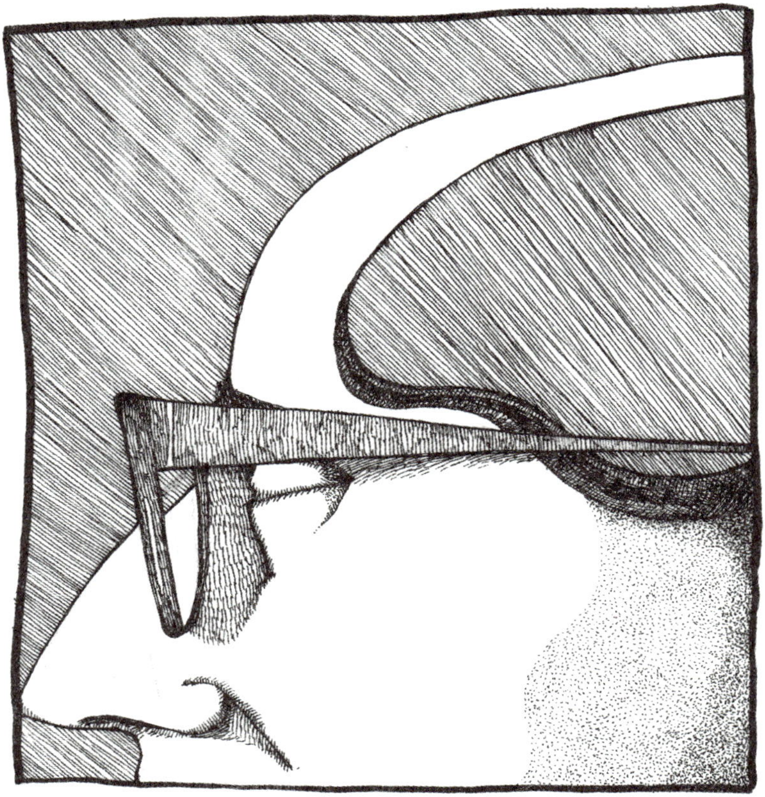

Maudlin n'y pensa pas pendant longtemps. Il était incapable de se concentrer longtemps sur les gens, alors il ne s'était jamais vraiment préoccupé de ce qui semblait clocher. De temps à autre, la pensée lui traversait l'esprit, comme une mouette se posant sur la jetée, fléchissant les ailes avant de s'envoler, sans laisser de trace.

Après avoir fait le tour du square, il finit par se jeter à l'eau et entra dans le café. Voir Chantal lui mit de nouvelles idées en tête. Une fois assis, elle lui demanda comment les choses s'étaient passées avec les Russes. Ils étaient intelligents, dit Maudlin. Ils l'avaient invité à Moscou. Il s'était dit que Chantal aurait peut-être envie de l'accompagner et il voulait savoir quand elle serait disponible. Chantal fut émue.

Le ministre des Affaires étrangères français avait été là pour accueillir les Russes et avait pris un verre avec Maudlin, qui avait mentionné Chantal. Le ministre l'avait invité dans son manoir dans la forêt de Fontainebleau, non loin de Paris, le soir même. Si elle le voulait, il pourrait appeler maintenant et dire qu'ils allaient venir. Son visage s'empourpra et elle dit qu'elle aimerait beaucoup rencontrer le ministre.

# XIII

*Faucigny, 10 janvier 1994*

Deux jours avant qu'il n'invite Chantal à se joindre à lui dans la forêt de Fontainebleau, à plusieurs centaines de kilomètres de Paris, Florence était occupée à faire la lecture aux enfants quand elle remarqua la serviette dans le placard. Dans la serviette, elle découvrit les transcriptions « perdues » de l'opération Epsilon, les diagrammes des bombes d'Hiroshima et de Nagasaki, l'exemplaire jauni du livre de Henry Ford, Le Juif international, avec çà et là des commentaires crus en marge des pages, et l'article de la Princeton Historical Society sur la possibilité de recréer des personnalités historiques.

Elle crut être tombée sur des documents néonazis et la pensée lui traversa l'esprit que les allées et venues de Pierre n'avaient rien à voir avec la recherche en biologie, mais avec des activités politiques dont elle prit conscience, pour la première fois, qu'il ne lui avait jamais rien dit. Elle feuilleta les transcriptions perdues, ce qui renforça sa certitude pesante. Pierre était néonazi.

Elle y pensait encore, tard dans la nuit, s'interrogeant toujours, quand elle entendit – ou pensa entendre – Pierre ouvrir la porte et entrer dans la maison sans dire un mot – sans doute croyait-il qu'elle dormait, comme c'était d'ordinaire le cas à 23 heures. Elle l'entendit dans la cuisine et décida de le rejoindre pour parler avec lui, l'interroger sur les transcriptions qu'elle avait trouvées dans le placard et peut-être lui demander pourquoi les nazis le fascinaient tellement. Elle y réfléchissait quand elle descendit l'escalier, s'attendant à trouver Pierre dans la cuisine et à lui parler, comme elle le faisait rarement, parce qu'ils ne passaient jamais beaucoup de temps ensemble.

Mais elle n'eut pas la possibilité de l'interroger. Ce furent ses dernières pensées. Elle ne revit jamais Pierre et n'eut pas l'occasion de se demander si c'était bien lui qu'elle avait entendu farfouiller dans la cuisine. Comme elle posait le pied dans l'entrée et pénétrait dans la pièce, elle sentit brièvement un coup terrible à la tête, suivi d'un second, puissant, avant de perdre connaissance. Elle ne s'en remit jamais. Son corps sans vie fut retrouvé par deux pompiers au petit matin, trois jours plus tard.

24 Le Monde

# Horreur à Faucigny !

## La femme et les enfants d'un célèbre docteur assassinés

Ce matin à quatre heures, dans cette paisible ville de la frontière suisse, le feu s'est déclaré au domicile d'un chercheur médical de renom, qui travaillait à Genève et à Paris, le Dr Pierre Maudlin. La brigade des pompiers locale a rapidement maîtrisé les flammes et trouvé les corps partiellement brûlés de sa femme (37 ans) et de ses deux enfants (10 et 6 ans).

La femme du scientifique avait été battue à mort avec un rouleau à pâtisserie et on avait tiré sur leurs deux enfants avec la carabine retrouvée dans la chambre de ces derniers.

La police suggéra que des voleurs, sachant que Maudlin s'était absenté, avaient été surpris dans la maison par sa femme et ses enfants. Mais elle ne fut pas en mesure de dire ce qui avait été volé, si quoi que ce fût avait été volé.

On ne connaît pas le sort du Dr Maudlin. Ses parents, qui vivent dans la ville voisine de Saint-Jean-de-Tholome, ont eu de ses nouvelles pour la dernière fois il y a deux semaines, durant son récent séjour à Paris où il donnait une conférence sur sa collaboration avec un groupe de scientifiques de l'université de Princeton.

Aucun suspect n'a été arrêté.

# La police toujours déconcertée par le « Dr» Maudlin

L'illustre Dr Maudlin n'a pas été revu depuis la découverte du corps de sa femme et de ses enfants après l'incendie de sa maison. Dans notre édition de mardi, nous avons rapporté qu'il travaillait pour l'OMS à Genève et pour l'INSERM à Paris. Des conversations téléphoniques avec les deux institutions ont révélé qu'il n'a jamais été employé pour aucune des deux.
Dans la région, Maudlin était connu pour être un chercheur de l'OMS, mais il n'a apparemment jamais obtenu son diplôme de médecine. La source de ses revenus est inconnue. Les représentants de la banque à Faucigny ont rapporté que, jusqu'à une date récente, Maudlin avait une somme d'argent considérable sur son compte.

## Le « Faux Médecin » suspecté du meurtre de sa femme et de ses enfants

La police a conclu que Pierre Maudlin – qui avait convaincu sa femme, ses amis, ses voisins et ses enfants qu'il était un chercheur de renom à l'OMS – était responsable de leur meurtre. Maudlin n'a pas été retrouvé et on ignore toujours son sort. (*Cf. article page 5.*)

***

# XIV

*Paris, 25 janvier 1994*

Quand la police contacta Chantal, ils lui demandèrent de se rendre au commissariat. Cela ne la dérangeait pas de sortir. Une fine pluie tombait et elle s'arrêta sous un lampadaire de l'avenue Niel. Elle resta là et serra son manteau contre elle. Pour la première fois, elle se dit que Maudlin lui avait menti : il lui avait menti à propos des Russes. Et peut-être que cela n'avait pas d'importance. Elle avait toujours su qu'il mentait à sa femme, tout comme elle mentait régulièrement à son mari durant sa brève liaison avec Maudlin.

Elle avait été charmée par sa façon de raconter des histoires et elle était tombée victime de son charme. Elle ne méritait pas mieux. C'était la règle du jeu entre eux. Maudlin n'avait-il pas injecté dans sa vie une excitation qu'elle n'avait jamais connue auparavant ? N'en était-il pas venu à représenter le genre d'hommes avec qui elle avait toujours rêvé de passer ses jours, alors que la routine avait fait sombrer son mariage avec Antoine ?
Quoi qu'il en soit, c'était son « histoire russe » qui l'avait alertée. Il s'était soudain trompé en racontant l'histoire, et elle l'avait remarqué.

Elle serra plus fort son manteau contre elle, très troublée de s'être laissée avoir par « l'histoire du ministre », ainsi qu'elle appelait son dernier mensonge. Les exagérations avaient été la clé de son succès. Il avait compris que, pour mentir avec succès, il fallait voir grand. En y repensant, elle se dit qu'avec lui tout avait toujours été grand : de grands restaurants, de grands hôtels, de grands voyages, de grandes théories qui expliquaient tout et rien.

Elle continua à marcher dans l'avenue Niel, la tête penchée en avant, les épaules légèrement voûtées, les mensonges de Maudlin pesant sur ses épaules tandis qu'elle s'approchait du commissariat. Elle déclina son identité au policier de garde et on la conduisit dans le bureau d'un détective en civil. Il était insensible et formel. Elle eut l'impression qu'il jouait avec elle quand il la regarda de ses yeux froids, et ce fut comme s'il lui enfonçait un couteau dans la poitrine quand il lui dit que Maudlin n'avait jamais travaillé de sa vie.

Jamais ? se répéta-t-elle en essayant de se donner du temps pour digérer l'énormité de ce qui était dit. Le fait qu'il n'eût jamais travaillé de sa vie signifiait qu'il y avait un immense vide qu'il devait combler avec ses inventions quotidiennes. Il n'y avait rien d'autre. C'était effrayant que personne, ni elle ni qui que ce soit, n'ait vu ce vide. Maudlin était une série de moments – un moment qui n'était relié à aucun autre. Il s'inventait des collègues pour donner de la crédibilité à ses histoires. Il y en avait tant qu'elle n'avait jamais pu suivre aucune d'entre elles et sans doute Maudlin ne le pouvait-il lui-même. Sa vie était constante activité. Activité inventée, imaginée alors qu'il était assis dans un fauteuil – ou derrière son volant, dans sa voiture garée en bordure de route.

Le détective était sourd – ou indifférent – au tumulte intérieur qu'elle ressentait.

— C'est un cas classique de menteur. On en voit beaucoup. Rien de surprenant.

Puis, alors qu'il insistait avec la même voix froide, c'était comme s'il tournait la lame qu'elle avait imaginé qu'il avait plantée dans sa poitrine quand elle s'était assise :

— Vous l'avez vu le 12 janvier, n'est-ce pas ? Que s'est-il passé ?

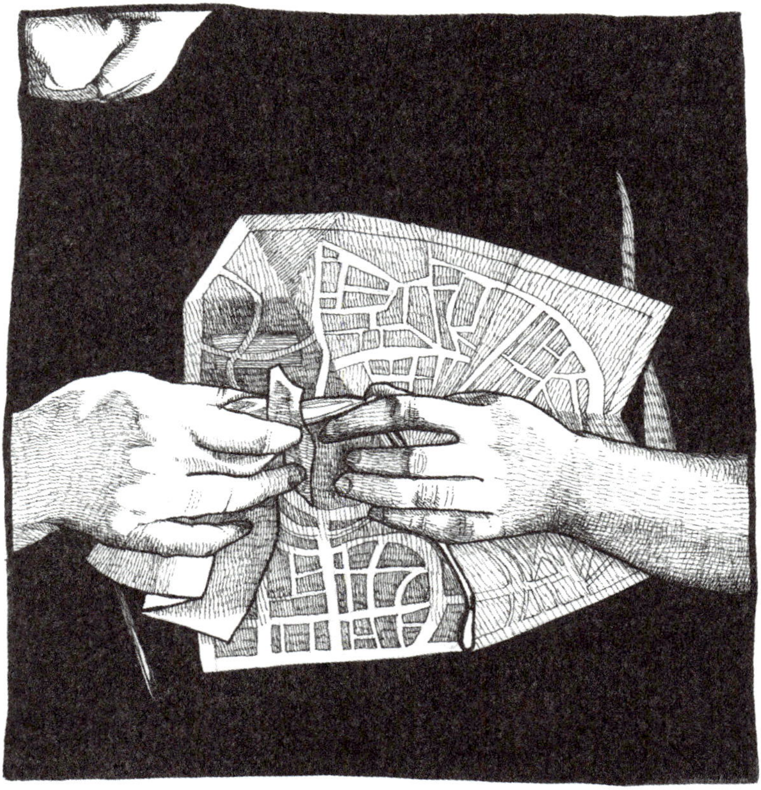

Elle était tendue, mal à l'aise. Elle n'aimait pas devoir parler d'elle à ce poisson froid.

— Il est venu me chercher au café vers 7 heures, dit-elle. On a pris un verre. Pierre a étudié la carte routière. Il avait une adresse sur un bout de papier. Il a dit que le ministre des Affaires étrangères l'avait informé qu'il lui faudrait deux heures de route et il m'a montré la route qu'il avait l'intention de prendre. Il a dit qu'on serait probablement en retard et cela m'a surprise qu'il n'appelle pas, mais quand j'ai dit à Pierre qu'il devrait peut-être prévenir le ministre, il a répondu qu'il appellerait sur la route, lorsqu'il saurait plus précisément de combien de temps nous serions en retard. Nous avons roulé pendant ce qui a semblé des heures puis, je crois que nous étions en pleine forêt, Pierre a arrêté la voiture et a regardé la carte. Il a dit qu'il était perdu.

Le détective prenait des notes.
— Vous l'avez cru ? interrompit-il.
— La question n'était pas de le croire ou non. Je n'en suis pas certaine, mais il me semble qu'il m'est venu à l'esprit qu'il y avait quelque chose de bizarre dans son comportement, quelque chose de très détaché. Tout ce qu'il faisait semblait absorber une immense quantité d'énergie...

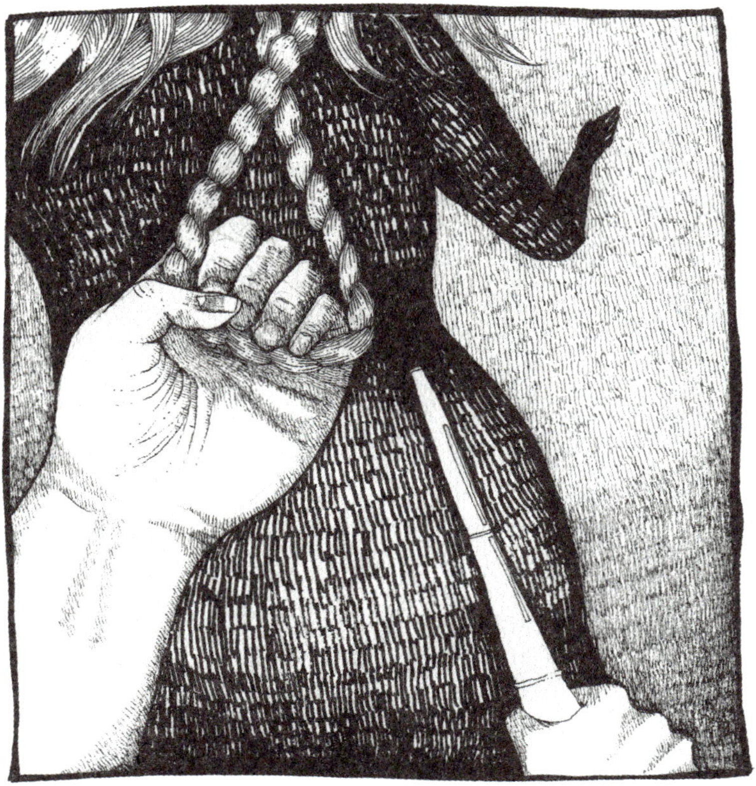

… Puis il a rangé la carte et on a roulé un moment. J'ai remarqué qu'il était 11 heures quand il a de nouveau arrêté la voiture et en est sorti. Il a ouvert le coffre et commencé à fouiller à l'intérieur, avant de le refermer dans un claquement. Je l'ai vu transporter un grand aiguillon et une corde, puis il a ouvert sa portière et s'est penché vers moi… Il s'est penché vers moi et a commencé à me donner des coups avec l'aiguillon, une sorte d'aiguillon à vaches je crois. J'ai senti des décharges électriques sur mon ventre et j'ai ouvert ma portière, je ne comprenais pas ce qui se passait, et il a fait le tour de la voiture pour venir de mon côté, m'a passé la corde au cou…

… J'ai commencé à le supplier, je lui ai dit « Par pitié pour mes enfants », qu'ils avaient besoin de moi, de ne pas me tuer pour eux, et j'ai soudain senti la corde se détendre et il l'a laissée tomber là, à côté de la voiture… Nous étions en pleine forêt, il n'y avait personne, pas une maison, rien à portée de voix, puis il a dit qu'il était déjà allé chez le ministre, qu'il connaissait la route, que c'était incompréhensible, qu'il ne s'était jamais perdu comme ça auparavant. Il m'a dit de remonter dans la voiture, qu'on devait continuer à chercher, car il était sûr qu'il allait trouver la maison…

… L'impossibilité de trouver la maison du ministre l'obsédait, comme si nous ne nous étions jamais arrêtés et qu'il n'avait pas essayé de m'étrangler. Et je crois que j'ai oublié, moi aussi. J'ai commencé à étudier la carte, peut-être pour éviter de penser à ce qui venait d'avoir lieu. Pour dire la vérité, je ne comprenais pas ce qui se passait et je crois que je pensais qu'on allait peut-être toujours chez le ministre, ou peut-être était-ce ce que je voulais croire. Nous tournions en rond et je me souviens que nous sommes enfin arrivés dans une clairière. Il y avait une petite maison cachée entre les arbres et Pierre a arrêté la voiture, en est sorti et est allé jusqu'à la porte. Il est revenu et a dit que ce n'était pas là. Il a renoncé à l'idée peu après et a décidé de rentrer à Paris…

… J'étais en état de choc. Je voulais rentrer à la maison. Je devais le laisser faire ce qu'il voulait, peu importe ce que c'était. Je crois que je pensais, ou voulais penser, qu'il n'avait pas réellement eu l'intention de m'étrangler, que c'était juste par frustration, pendant qu'il cherchait le domicile du ministre, qu'il s'était défoulé sur moi, sur un coup de tête, puis qu'il avait repris ses esprits. Je ne suis pas sûre d'avoir compris à quel point il était déterminé, comme je ne comprends toujours pas pourquoi il m'a laissée partir ou ce qu'il attendait de moi cette nuit-là.

Chantal était assise avec le visage tourné vers la vitre quand le détective lui demanda de sa voix froide et perçante si elle avait prêté de l'argent à Maudlin. Elle dit que oui, mais que personne n'était au courant. Un sourire sournois se dessina sur les lèvres du détective.

— Ainsi, s'il vous avait étranglée et abandonnée dans la forêt, rien ne vous aurait reliée à lui. Cela aurait ressemblé à une prise en stop qui aurait mal tourné, quelqu'un qui avait prévu de vous voler, de vous violer et de vous voler, mais nous n'aurions pas suspecté Maudlin…

… Nous le suspectons d'avoir tué sa femme et ses enfants. Il venait de découvrir que sa femme le trompait. Nous le savons. Nous avons le morceau de papier qu'il a laissé dans une voiture de location sur lequel est notée l'immatriculation de l'amant de sa femme. Vous représentiez un problème pour lui – vous étiez la preuve que ce n'était pas la liaison de son épouse qu'il tentait de cacher, mais une vie à ne rien faire, à prendre l'argent de femmes qui ne soupçonnaient rien et à en vivre. La découverte de cette liaison lui a donné une excuse – un crime passionnel. Nous n'avons aucun moyen de savoir ce que sa femme pensait de sa fausse carrière – peut-être était-elle partie prenante, comment savoir, et que cela ne la dérangeait pas de lui apporter son soutien…

... Sans vous, cela ressemblait à un jeu entre eux. Vous savez que son épouse était belle – comme vous, madame. Maudlin aime les jolies femmes. Il y a plusieurs docteurs à Faucigny dont sa femme a rejeté les avances, mais peut-être un ou deux d'entre eux ont-ils passé la nuit avec elle. Alors peut-être a-t-elle aimé faire de Maudlin quelqu'un qu'il n'était pas. Elle semble avoir vécu dans son propre univers imaginaire. Pensez-vous vraiment qu'elle ait pu vivre quinze ans avec lui et ne pas remarquer une seule fois qu'il n'avait pas de bureau à l'OMS ni à l'Inserm ? Le croyez-vous ?... Vous vous demandez pourquoi il vous a laissée partir, la réponse est très simple : il voulait se faire prendre. Chantal était convaincue.

— L'avez-vous attrapé ? demanda-t-elle.

— Nous en avons bien l'intention !

# XV

*Reykjavik, février 1994*

Un mois plus tard, à 80 kilomètres au nord de Reykjavik, le vent soufflait du sud tandis que Magnusson regardait dans la source d'eau chaude sulfurique qui remplit la faille atlantique, où les plaques tectoniques de l'Almannagjá continuent de s'écarter de plusieurs centimètres tous les ans, en attendant qu'elle parvienne à couper l'île en deux, dans plusieurs décennies.
Il avait enfin réussi à faire passer la corde autour du corps logé entre les rochers au fond de la faille. Larsson retenait Magnusson tandis que celui-ci tirait vers le haut, mais rien ne bougeait. Bryndis regardait les deux hommes du sommet de la faille. Magnusson poussa à nouveau le cadavre avec le long crochet et finit par réussir à le libérer des rochers.

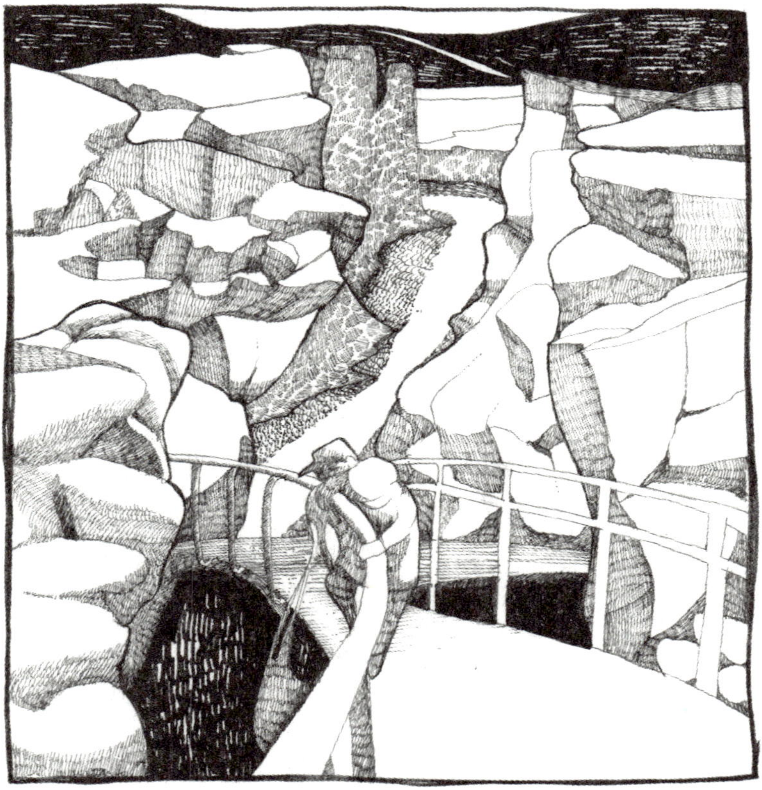

Ils remontèrent le corps en décomposition à la surface et l'étendirent sur la neige fraîche. Le visage était défiguré, les mains ratatinées et les vêtements en lambeaux.
Sur le pont au-dessus du ravin, une voiture abandonnée. La portière du conducteur était toujours ouverte. Il y avait un épais dossier sur la banquette arrière.
Une semaine plus tard, le corps fut identifié comme appartenant à Pierre Maudlin, qui avait disparu de Faucigny depuis le meurtre de sa femme et de ses enfants. Parmi les papiers récupérés sur la banquette, une note manuscrite fut retrouvée :

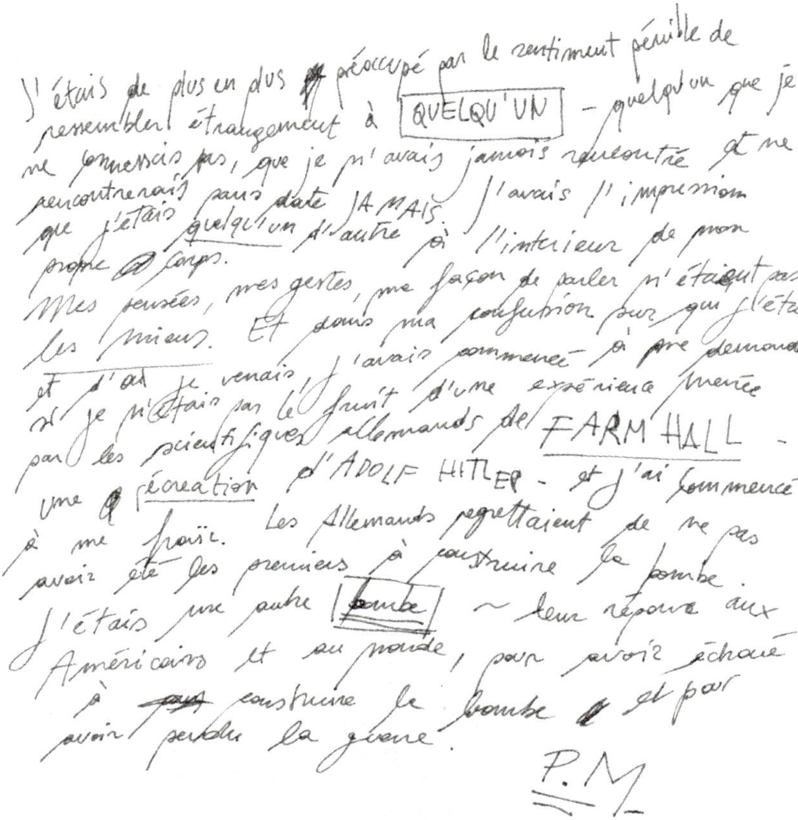


« J'étais de plus en plus préoccupé par le sentiment pénible de ressembler étrangement à quelqu'un – quelqu'un que je ne connaissais pas, que je n'avais jamais rencontré et ne rencontrerais sans doute jamais. J'avais l'impression que j'étais quelqu'un d'autre à l'intérieur de mon propre corps. Mes pensées, mes gestes, ma façon de parler n'étaient pas les miens. Et dans ma confusion sur qui j'étais et d'où je venais, j'avais commencé à me demander si je n'étais pas le fruit d'une expérience menée par les scientifiques allemands de Farm Hall – une recréation d'Adolf Hitler – et j'ai commencé à me haïr. Les Allemands regrettaient de ne pas avoir été les premiers à construire la bombe. J'étais une autre bombe – leur réponse aux Américains et au monde, pour avoir échoué à construire la bombe et pour avoir perdu la guerre. »

# XVI

## *Épilogue*

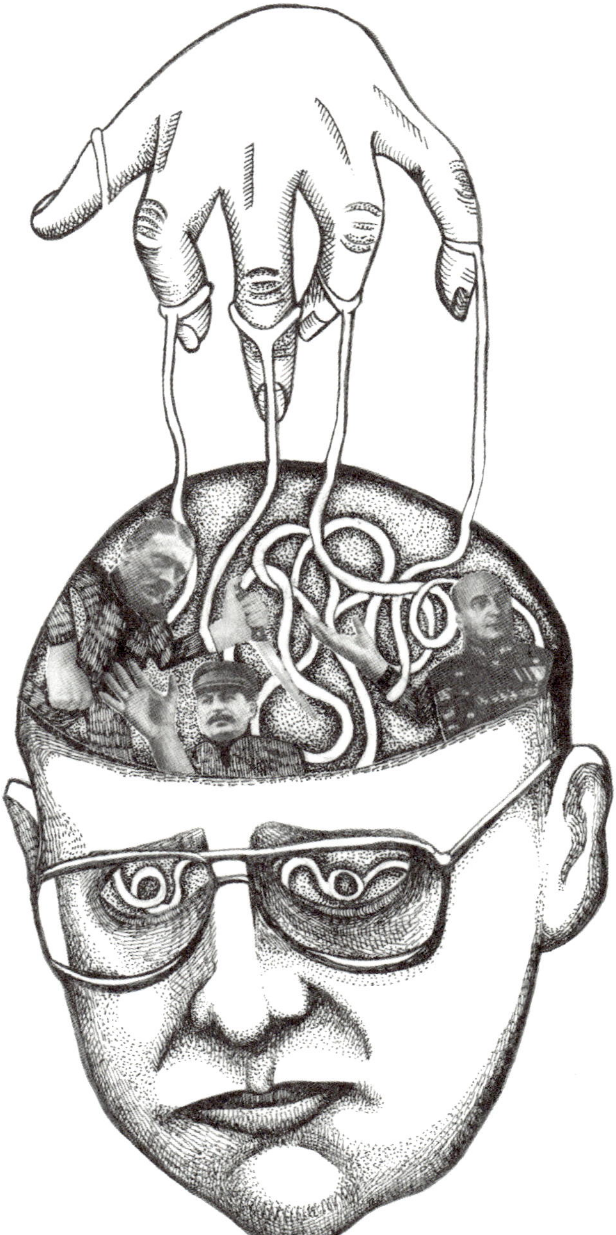

Durant les semaines qui suivirent la découverte du cadavre de Maudlin en Islande, la police et les représentants du gouvernement en France et aux États-Unis s'interrogèrent sur les *Transcriptions perdues* de Farm Hall et la Princeton Historical Society. Quoique les *Transcriptions perdues* aient été publiées en 1992 et qu'un exemplaire en ait été égaré, celui retrouvé par Maudlin à la gare, il n'y a aucune trace d'une Princeton Historical Society, ni d'une Carolyn Dawn et d'un Norman Drake.

Le 21 avril 1994, devant la cour d'assises de l'Ain, un psychiatre nommé par la cour donna l'explication suivante du comportement meurtrier de Pierre Maudlin :

« La découverte par Pierre Maudlin des *Transcriptions perdues* de Farm Hall a donné à son inconscient une "explication" sur ses origines et sur qui il était. À partir de ce moment, sa vie a eu un sens. Mais ce sens signifiait qu'il ne se contrôlait pas lui-même ; il avait été créé à Farm Hall par un groupe de scientifiques allemands qui avaient préservé la dent d'Hitler dans l'espoir de faire une copie de ce dernier et de persuader ainsi les générations futures qu'il n'était pas un monstre. Tragiquement, Maudlin fut convaincu qu'il était cette copie que les Allemands avaient espéré créer. Dans son délire, il en vint à croire qu'il était né de l'ADN extrait de la dent d'Hitler, Hitler dont il était donc la copie et dont ses enfants étaient les enfants. Il n'avait d'autre choix que de détruire sa famille, avant que les gènes d'Hitler n'arrivent à maturité et ne détruisent le monde.

« Nous pensons que Pierre Maudlin, qui n'avait jamais travaillé de sa vie, souffrait d'une forme de "syndrome de Bonnet" : le cerveau comble automatiquement les taches aveugles (scotome) dans notre champ visuel quand notre rétine est endommagée. D'ordinaire, le remplissage consiste en de petits personnages qui courent à travers les taches aveugles. La découverte accidentelle que Maudlin a faite des *Transcriptions perdues* de Farm Hall a donné à son cerveau le matériau pour combler les lacunes de sa vie mentale, en le convainquant qu'il était l'un des monstres de l'Histoire et que ses enfants étaient ses descendants. »

## *Table des matières*

Achevé d'imprimer en mai 2016
sur les presses de l'imprimerie Pulsio, CE